2

Für meine Bettina, die mir bei all
meinen Bücher so sehr geholfen hat

4

Durchgestartet – mit 80!

Trudi Bogya

Durchgestartet – mit 80!	8
Amerika, eine verrückte Reise 1974	24
Alle meine Freundinnen	34
Alle meine Freundinnen	37
Alle meine Freundinnen	44
Alle meine Freundinnen	47
Flohmarkt-Fieber	54
Warum erwische ich immer die verkehrte Kasse	62
Eine Autoreise mit Matthias in die Vergangenheit.	72
Altweibersommer – Herbstgefühle	76
Ein Brief für dich, Thias, mein Sohn!	86
Eine sehr positive Krankenhausgeschichte	96
Männer sind auch Menschen	104
Bin ich ein Messie?	108
Wien, Gustav Klimt und der Kuss	120

Durchgestartet – mit 80

„Nichts macht uns schneller alt, als der immer vorschwebende Gedanke, dass man älter wird."

Das hat Georg Christoph Lichtenberg vor langer Zeit festgestellt. Der sollte heute leben und würde sich wundern. Wir „Alten" werden immer unternehmungslustiger und im Lebensstil immer jünger.

Trotzdem, die Zeit zerrinnt immer schneller zwischen den Fingern, Vorfreude am Geburtstag auf ein neues Lebensjahr hält sich in Grenzen. Älterwerden ist mit vielen schmerzhaften gesundheitlichen Einbrüchen eng verknüpft. Ich empfinde das schon als schleichenden körperlichen Verfall. Nur mein Verstand macht das, Gott sei Dank, nicht mit. Der führt mich zu Höhenflügen, über die ich nur staunen kann.

Und dann ist da noch ein Gefühl, das manchmal überhand nimmt. Sehnsucht! An diesen Sonntagen ist es besonders schlimm.

Die Familie weit weg, die Läden geschlossen. Das Leben ist irgendwo da draußen. Es regnet, dunkle Wolken ziehen am Fenster vorbei. Was mache ich heute?

Auf keinen Fall trübe Gedanken zulassen.

Leider kommen dann doch automatisch diese negativen Gedanken, besonders beim Ankleiden am frühen Morgen: Abnehmen sollte ich, kein Weißbrot essen. Butter auch nicht. Bei 20 g Streichfett pro Tag, also die empfohlene Buttermenge, ist der Einfluss auf den Cholesterinspiegel in der Regel nicht gefährlich. Was bringen mir diese Überlegungen? Ich brauche jetzt meinen Kaffee, aber schnell. Das Frühstücksei muss es heute sein, den fettreduzierten Käse kaufe ich sowieso nie wieder, viel zu „dröge", ohne Geschmack. Ich weiß ja nicht immer so genau, was ich will. Aber was ich nicht will, ganz genau!!

Standhaft bleiben? Gütiger Himmel, nein heute nicht! Einfach gut essen. Morgen spare ich alles dann wieder ein. Glücks- und Schuldgefühle wechseln sich ab.

Ich will jetzt auf der Stelle ein schönes Frühstück. Die Blutfettwerte sind mir schiet-egal. Heute wenigstens!

Ich schmeiße mich in meinen Polo und hole mir ein Brötchen, manchmal landet auch ein Stück Kuchen in meinem Korb. Das lag so verlockend da, es musste mit. Die Vorfreude auf einen starken Kaffee macht mich richtig fröhlich, denn für meinen Blutdruck habe ich gute Pillen. Lege mir meine Lieblings- CD auf, das Frühstück ist es, das den Start in den Tag so erträglich macht.

Und langsam versöhne ich mich mit diesem Sonntag. Anschließend ein schlechtes Gewissen? Schon, aber solche Gefühle habe ich gelernt zu verdrängen. Für kurze Zeit!

Lasse einfach das Mittagessen weg. Montag holt mich sowieso alles mit Macht ein. Besonders die Waage zeigt es mal wieder gnadenlos an, ich habe gesündigt.

Das Telefon läutet, mit einer anderen einsamen Seele wird daraus ein langes Gespräch. Und eine herzliche Einladung: „Komm doch zu einer Tasse Kaffee zu mir." Natürlich gerne! So gut, dass ich mein Auto vor der Tür habe und los fahren kann ,wann es mir passt.

Schön, gute Freunde zu haben!

Bei meinem Gang durch den Garten kommt ein kleiner Blumen- Strauß zusammen, ein Danke-Schön als Mitbringsel.

Ob die Sonntage früher anders verliefen? Denke schon, der Familien- Verband war größer, ältere Angehörige gingen nicht ins Altersheim. Oder bei „betuchten" Verhältnissen in ein vornehmes Stift wie heute. Sie lebten und starben im Kreis ihrer Familien. Und hatten noch im hohen Alter ihre wenn auch meist nur kleinen Aufgaben.

„Alle Tage ist kein Sonntag,
alle Tage gibt's kein Wein.
Aber du sollst alle Tage
recht lieb zu mir sein ..."

Unser Nachbar schmetterte das früher am offenen Fenster beim Rasieren lauthals in den Sommermorgen, das war in den zwanziger Jahren. Komisch, manche Dinge vergisst man nie. Gott sei Dank! Das sind kostbare Erinnerungs-Geschenke! Sogar der Name des Komponisten fällt mir wieder ein: Cäsar Flaischlen. Damals gab es noch nicht so viele „Songschreiber", kein Fernsehen und kein NDR- Musikprogramm. Texte wurden sorgfältig auf Bütten-Papier geschrieben, mit kleinen Zeichnungen verziert. Im edlen schmalen Rahmen hing so was im Laden zum Erwerb. Neben damals hoch aktuellen Steindrucken und Schutzengel Bildern.

Es kommt ja alles wieder, wenn auch in anderer Form.

Warum habe ich eigentlich alle meine schönen alten Lackbilder verschenkt? Eine Collage als „Hin- Gucker" so im dicken alten Goldrahmen oder höchst modern nur unter Glas, ganz puristisch. Das wäre was!

An diesen Sonntagen kommen Erinnerungen besonders intensiv hochgekrochen und zerren an der Seele. Mal ein bisschen weinen? Warum nicht, wenn es erleichtert.

„Sehnsucht ist der Sadismus der Einsamkeit" das schrieb eine sehr kluge Frau.

Und wer hat sie nicht! Sich nicht davon einfangen zu lassen, jeden Tag aufs Neue das Leben anlachen.

Das versuche ich immer wieder, betrachte meine Lebenslinien bei der Morgentoilette, zupfe voller Entsetzen ein einzelnes Haar aus, das nicht dahin gehört. Mit Altern fertig werden , ein täglicher Kampf! Mein Bauch hat eine 30 Zentimeter lange Narbe, rechte Kopfseite und linke Kopfseite vom Ohr bis zur Kehle Narben aus Bevensen. Das sind meine „Schmisse!" Hat mir ja jedes Mal das Leben gerettet, diese Überlegung macht die Seele stark. Denn echte Schönheit kommt von innen. Klingt gut, der Satz! Na, ja! Nur fest daran glauben! Dass mit dem Alter auch Falten kommen weiß ich und sehe ich ohnehin, gelebtes Leben. Ziemlich, ziemlich! Das Hüftimplantat hält zum Glück auch schon viele Jahre. Mein Dr. Orthopäde erklärte mir einmal bei akuten Beschwerden in dem Bereich, dass ich vor Schmerzen schreien würde, wenn „da was" gebrochen wäre. Das hat mich doch sehr beruhigt, ich musste noch nie schreien. Meinem Doktor sei Dank! Ich nehme mir fest vor, nie wieder Diagnosen zu stellen oder es auch nur zu versuchen.

Nur die aufrechte Körperhaltung funktioniert nicht mehr so, wie ich es mir wünsche. Der Rücken! Wenn es noch deftiger kommt, soll ich eine Bandage tragen. Früher nannte man das „Korsett!"

Und dann plötzlich das: Schreiben, die größte Überraschung meines Lebens! Mein Kosmos bislang ... scheinbar spießig klein, Elbinger Strasse 14!

„Das Paradies auf Erden ist dort, wo ich bin."
Voltaire

Diese Erkenntnis sollte man total verinnerlichen, bei mir hat es geklappt! Mit meiner geliebten Olympia- Reiseschreibmaschine, Modell de Luxe, fing alles an. Mein Mann hat sie am 15.2.65 für

DM 268.-gekauft und mir geschenkt. Über alle diese langen Jahre war sie, besonders in den langen Wintermonaten, ein hilfreicher Helfer für viele meiner Aktivitäten. Meine Briefe habe ich, widerstrebend zwar, aber immer häufiger damit geschrieben. Die Finger streikten oft.

Mein erstes Buch, die Liebesgeschichte meines Lebens, hat sie begleitet.

Das war der Start in ein anderes Leben. An ein paar Abenden im Sommer 2005 war sie dabei mein treuer Begleiter und hat mir zuverlässig geholfen, meine Gedanken zu tippen. Es waren schließlich viele Seiten mit Randbemerkungen und ergänzenden Inhalten. Ganz schön anstrengend, aber es trieb mich ungeheuer an. In einer knappen Woche war es geschehen, ich hatte ein kleines Büchlein geschrieben und konnte kaum glauben, dass ich so schnell formulieren konnte. Und das alles hat ein vergilbtes altes Foto meiner Jugendliebe ausgelöst.

Nun wollte ich natürlich wissen, ob so etwas lesbar ist. Meine Nachbarin war mein Opfer und sie war begeistert. Ich konnte es nicht fassen, das hat mich direkt ein wenig verlegen gemacht.
Der Bann war gebrochen, jetzt hatte ich auch den Mut, „öffentlich" zu meinem Werk zu stehen. Was würden meine Kinder von der Vergangenheit ihrer Mutter denken. Diese Bedenken hatte ich nur kurz, ich stand dazu und fühlte mich plötzlich so unendlich leicht und befreit.

Musste ich mich für eine große Liebe entschuldigen? Da waren immer noch so Restzweifel.

Ich bin meinen Weg gegangen und bin so glücklich damit geworden. Vereinzelte Kritik und viel Lob haben mich bestärkt, weiter zu machen.

Mein Fische- Horoskop, von einem netten Menschen durchtelefoniert: „Fische haben viele Facetten, sie sind menschenscheu, maßlose Genießer und stets ein bisschen mysteriös. Sie führen ein Leben zwischen Askese und Exzess." Volltreffer!

Dann hat meine Tochter mit mir gemeinsam einen Plan für die Veröffentlichung meines ersten Buches entwickelt. Sie hat in Kiel nach ihrem Entwurf ein Kleinod drucken lassen. Eine von mir gezeichnete rote Rose begleitete den Text. Wunderschön ist das geworden, ich bin ihr sehr dankbar. Habe mich noch nie so mit mir selbst wohl gefühlt, meine Seelenbalance stimmte total!

Was nun nach diesem Erfolg? Ich platze vor Energie, Geschichten sausten mir im Kopf herum.

Mein Nachbar Bernd R., der dafür gesorgt hat, dass ich mit Foto, Text und meiner Geschichte in der Aller Zeitung vorgestellt wurde, überredete mich, ein Laptop zu kaufen. So hatte ich nun plötzlich eine elektronische Schreibmaschine und einen gewaltigen Respekt vor diesem technischen Monstrum. Die Gründe, damit zu schreiben, leuchteten mir ja ein. Ich brauchte keine Randbemerkungen mehr zu machen und konnte immer wieder in meinen Text reinklicken. Würde ich das alles schaffen? Auf alle Fälle konnte ich das Wort „Laptop" schon flüssig aussprechen. Der Anfang war gemacht, obwohl mich Riesen- Zweifel befielen.

Bernd hat in langen Abendstunden seine Freizeit geopfert und mir mit viel Geduld alles immer und immer wieder erklärt. Die wichtigsten Dinge habe ich mir notiert, nachfragen musste ich noch oft. Das „Monstrum" ist zu einem Freund geworden, meinem Lehrmeister sei Dank!

Und dann ging es so richtig los. Um einen festen Plan für mein Schreiben zu haben, musste ich mir eine Richtlinie schaffen.

Worüber will ich erzählen, was für ein Titel muss her. Das klappte eigentlich immer ganz schnell. War schon erstaunt, wie plötzlich alles funktionierte.

Ich fühlte mich so frei. Über das Alter jammern? Die Falten und die nachlassende Spannkraft der Oberarme? Älterwerden ist auch ein Stück Freiheit, kaum noch Pflichten wie „Ich muss.." Sich einfach jung denken und aktiv bleiben. Nur dem eigenen Gewissen verantwortlich sein.

Es hat noch keiner geschafft, die biologische Uhr anzuhalten, aber eine positive Einstellung zum Altern verlangsamt nachweislich den „Verfall"!

Innerlich und auch ein ganz klein wenig äußerlich. Sagt mir mein Spiegel!!

Ausreichend Schlaf? Hab ich! Übergewicht? Hab ich auch! Genuss am Leben? Überreich! Habe ich noch ein paar schöne Jahre? Na klar!

Diese Faktoren bestimmen jetzt mein Alter. Wenn ich abends einschlafe, denke ich nicht darüber nach, ob ich am anderen Morgen wieder aufwache. Schon komisch, das hat mich in jüngeren Jahren viel mehr beschäftigt.

Beim letzten Arztbesuch angenehme Daten: kein Wasser in der Lunge, Herz abgehört,(na ,ja) Cholesterin- Werte gesunken, Fußgelenke nicht geschwollen und Blutdruck 115-80, wie ein junges Mädchen, sagt meine Ärztin. Natürlich das Ergebnis hilfreicher ärztlicher Unterstützung. Ich könnte sie umarmen!

Was habe ich danach gemacht?

Einen Eisbecher mit Sahne beim Italiener und meinen geliebten doppelten Espresso dazu, Streicheleinheiten für die Seele geholt. Ohne schlechtes Gewissen! Das war die erste Eissause dieses Jahr. Einfach geil! Es passt kein anderes Wort zu dieser für mich hemmungslosen Schlemmerei.

Und nun will ich wieder ganz gesund leben, wie gesagt. Wie Silvester: der Vorsatz ist da. Nikotin- und Alkoholgenuss, längst Vergangenheit. Letzteres mit einer kleinen Einschränkung. Mit einer Freundin einen edlen Champagner aus einem edlen Kelch, „wenn der Kreislauf angeregt werden soll!"

Beim Leben meiner Großmutter: „nicht oft!"

Nach dem Aufwachen, auf der Bettkante sitzend, sind es schon „gefühlte" 80! Schlafen kann ich noch gut, wenigstens 8 Stunden müssen es sein.

Die Wünschelrute hat vor langen Jahren starke Wasseradern hier im Haus und speziell in meinem Schlaf- Gemach geortet, jetzt steht mein Bett mitten im Raum, um mich herum alles Dinge, die ich liebe. Keine Wasserader unter meinem Bett.

Meine Rheumaschübe haben nachgelassen, keine Einbildung! „Kreislauf" habe ich natürlich noch immer.

Glaube versetzt Berge, und wenn es mal nicht so nach Wunsch klappt, das mit dem Schlafen, ziehe ich mich an und gönne mir ein paar Stunden vor dem Fernseher. Mit einer heißen Schokolade und irgendeinem Film-Oldie aus der Jugendzeit ist es ein Vergnügen.

Schicksal Schlaflosigkeit? Ich nehme das gelassen hin und mache das Beste daraus. Dann kommt das „Sandmännchen" garantiert. Oft genug probiert! Und die fehlenden Schlafstunden hole ich am Morgen nach. Ich muss ja keinen Kindern mehr Frühstücksbrote schmieren, der Haushalt kann sowieso warten. Meist liegt der Tag dann als hoher Berg da, die Kräfte sind im Laufe eines langen Lebens ziemlich verbraucht.

Jetzt sitze ich hier und versuche, mich zu ein paar Übungen aufzuraffen, Frühgymnastik. Meine Freundin Elfi macht das jeden Morgen. Hat mich immer zwischendurch angespornt. Das war es aber auch!

Für mich das höchste der Gefühle zu kontrollieren, ob ich noch immer mit durchgedrückten Knien die Handflächen auf den Boden bringen kann. Wundert mich ziemlich, woher kommt diese Gelenkigkeit. Mein Sport, jeden Abend bei einem guten Film eine halbe Stunde, ohne Belastung, auf meinem Trimmrad zu sitzen und Zehen und Hacken im „Nähmaschinentreten" zu bewegen. Mehr ist nicht drin. Eine kleine Rückengymnastik vermittelt mir das Gefühl, viel für meine Gesundheit getan zu haben.

Aus gesundheitlichen Gründen musste ich auf meine geliebten Sauna- Besuche verzichten, das war einer dieser unfreiwilligen Abschiede.

Meine Morgentoilette beschränkt sich auf das Wesentliche, die Duschorgien veranstalte ich abends. Da kann ich in Ruhe alle Düfte genießen, die teuren Lotions benutzen.

Das Geschenk meiner aufmerksamen Kinder zu Feiertagen.

„Was soll man Mutti sonst schenken, sie hat ja alles!"

Das warme Wasser über den Körper rieseln lassen, ohne unruhig auf die erste Tasse Kaffee am Morgen zu drängen. Oder als sparsame Hausfrau die vielen Liter warmen Wassers zu taxieren, die so „sinnlos" in den Gully laufen. Hätte mich früher unsagbar genervt.

Nun liegt ein schöner, langer Abend vor mir. Durch die Körperwärme steigen noch lange alle edlen Düfte in meine Nase. Sinnenfreude pur!

„Nenne dich nicht arm, wenn manche Träume nicht in Erfüllung gegangen sind, wirklich arm ist nur der, der nie geträumt hat!" Ich träume gerne! Am Abend, wenn der lange Tag die Nacht begrüßt!

So, jetzt aber anziehen, der Tag kann beginnen. Es wird Zeit für Zeitung holen und die erste Tasse Kaffee genießen. Dabei möchte ich ungern gestört werden. Das zieht sich hin und allmählich sind alle Lebensgeister munter.

Zudem mir jeden Morgen die Meditation meiner lieben Freundin Leni einfiel. Die sich vor den Spiegel stellte und trotz schwerer Krankheit sich anlächelte und sagte:" Ich kann nichts dafür, ich finde mich schön!" Trotz leichtem Damenbart und nachlassender Traumfigur. Sie war ein „Goldstück" und ich habe sie so sehr bewundert!
Und viel von ihr gelernt. Dieser Lebensmut!
Jeder Tag ist ein Geschenk, das war ihr Start am Morgen. Immer die Mundwinkel nach oben, dann kommen Glückshormone von allein. Der Gesang eines Vogels machte sie glücklich und diese Lebenseinstellung hat ihr schweres Leiden erleichtert.
Ich bin so dankbar, sie als Freundin gehabt zu haben!
Sie bleibt für immer in meinem Herzen!
„Ich will ja nicht sentimental werden, aber wenn du gut hinhörst, wird immer irgendwo ein Vogel singen." Das war ihr Credo!

So, meine Stunde mit Kaffee und Zeitung ist rum, jetzt werde ich mal meine „Festplatte" im Kopf anklicken und einen Tag ganz allein mit mir und meinen Gedanken verbringen.
Und das alles meinem Computer anvertrauen.
Es ist nie zu spät, Neues zu beginnen.
Und sich im fortgeschrittenen Alter all der kleinen Gnaden erfreuen. Trotz viel zu hoher Cholesterin- Werte, manchmal unpassenden Blutdrucks und leicht gebeugtem Gang.
Der Rücken! Schon wieder!

Außerdem regnet es in Strömen, die Sommer-Unruhe erreicht mich aber nicht.

Mein Garten liegt nass und schläfrig da, so kann ich in Ruhe ein bisschen träumen und nachdenken. Die Natur will nichts von mir, meine Rosen lassen die Köpfe hängen, bei diesem Landregen singt auch kein Vogel und bei „Nachbars" rechts und links ist es still.

Mein Auto braucht heute eigentlich noch eine fachmännische Kontrolle weil …

Habe mit meinem Polo die Bordsteinkante angekratzt, ist alles noch im grünen Bereich? Oder fliegt mir irgendwann etwas um die Ohren? Ich habe Nachbarschaft zum "Küssen". Dieses Mal dreht Dipl. Ing. Frank eine Runde zur Kontrolle. Alles OK!

Und gleich noch ganz schnell eine Frage zum Laptop. Finde ein Programm nicht. Bin glücklich und kann weitermachen.

Ein Regentag, so richtig am Computer zu sitzen und schreiben, schreiben. Soll ich meine romantische Seite anklicken?

Ich habe im Moment so ein beschwingtes Lebensgefühl – das weckt die ganze Palette sinnlicher Lebenslust.

Offenheit macht verletzlich- wie ist die Resonanz, wenn eine 80-jährige gesteht, dass sie sich gerne kritisch im Spiegel betrachtet und sich nach schöner Musik bewegt?

Nicht unbedingt unauffälliges „Beige" trägt, sondern Buntes liebt.

Und gern Filme mit „männlichen" Männern anschaut?

Sinnlichkeit im Alter hat eigene Facetten! Ist ja weit mehr als Erotik. Einfach die Schönheit des Augenblicks genießen. Man erkennt, dass das Leben viel mächtiger ist als unsere Wünsche und Sehnsüchte und man nicht alles haben kann.

„Leben allein genügt nicht, sagte der Schmetterling, Sonnenschein, Freiheit und eine kleine Blume muss man auch haben."
Aus einem Märchen von H.C. Andersen

Mit Freundinnen im Café sitzen, sich Kaffeeduft um die Nase wehen lassen und sich dem Genuss eines Kuchenstückes zu widmen.
Und dazu kleine Klatschgeschichten! „ Du weißt doch, die geborene..." Streikt da schon das Gedächtnis? Lachen und doch banges Überlegen, sind das Anflüge von Altersdemenz? Muss ich zum Arzt? Und von uns allen in freundschaftlicher Verbundenheit die beruhigende Auskunft, dass es uns auch oft so geht mit dem Suchen von Namen.
Speziell Hausschlüssel und Geldbörse sind so die Achilles-Fersen des Gedächtnisses. Hab mich schon oft bei so grandiosen Ausfällen ertappt. Lang- oder Kurzzeitgedächtnis, wir „ticken" alle noch normal. Schöne, sinnliche Erfahrung beim Kaffeeklatsch.

Oder bei einem Spargel-Brunch die Vorlieben meiner Damen beobachten.
Auf alle Fälle reichlich „gute" Butter, mit Vorliebe Schinken oder Schnitzel, eventuell Rührei und natürlich die besten Salzkartoffeln. Ich habe mir auf der Haut gebratenen Zander bestellt, köstlich. Fisch und Spargel? Früher nicht denkbar! Gott sei Dank ist „früher" Vergangenheit. Für selbsternannte Gourmets trotzdem ein rotes Tuch. Jedem das Seine!
Ich reiße mir zur Spargelzeit kein Bein aus, um an die delikaten Stangen zu kommen.
Ein paar leckere Köpfe, dazu eine zerdrückte Kartoffel mit zerlassener Butter, das reicht bei mir für einen kulinarischen Höhepunkt. Dafür lasse ich mich auch gern belächeln. Als Spargelbanause!

Der erste Griff morgens geht zur Jeans, selbstbewusst und mit großem Vergnügen trage ich sie, darin liebe ich mich.

Für meinen Gartentag natürlich die bequeme mit Gummizug. Für den Stadtbummel muss die enger geschnittene ran, das macht einen schlanken Fuß.

Fein gemacht fühle ich mich einfach nicht wohl, irgendwie verkleidet. Ich bin einfach kein Kleidertyp mehr.

Die teuren Klamotten gucken mich vorwurfsvoll an, warum keine Lust darauf? Weiß ich auch nicht, vielleicht erfordert das damenhaftes Benehmen und das liegt mir überhaupt nicht.

Natürlich ist Eitelkeit im Alter wichtig, sich gehen lassen ein unverzeihlicher Fehler.

Da sei Gott vor, sagen die alten Gifhorner.

Nach der Morgentoilette lasse ich mich gern von einem erlesenen Parfüm betören. Das ist ein Gefühl, als wenn ein leichter Sommerwind über meine englischen Rosen streicht und Herz und Seele küsst. Schönste Harmonie für alle Sinne!

Ich habe meiner Nachbarin eine Schale Rosen auf den Gartentisch gestellt, wir machen uns gern mal eine Freude. Und was passiert? Ich bekomme etwas später meinen Strauss als Aquarell in einem Rahmen und mit Widmung von Gabriele zurück.

So geht es mit vielen Sachen im Leben, warum sollten wir nicht freundlich sein, das Glück liegt so nah und kommt oft unverhofft. Gutes tun und es bleibt dir auf den Fersen.

So ohne Angst und mit soviel Liebe am Leben alt zu werden ist eine Gnade. Mit Erstaunen beobachte ich Anflüge von Altersmilde und Gelassenheit bei mir. Und die Erkenntnis, dass auch im Alter trotzdem die Lebenslust brennt. Luxus der späten Jahre? Bestimmt aber noch kein Reif auf der Seele.

„Wer den Strahlen der Sonne entgegenläuft, lässt die Schatten hinter sich!"

Den Tag auf sich zu kommen lassen, in keine Pflichten mehr eingebunden sein.
Muss ich heute Staub wischen? Was ist im Garten los.
Ich nehme meinen Espresso, setze mich an meinen Teich und lasse die Zeit verstreichen. Schaue in den Himmel, versuche Wolken zu deuten. Und genieße intensiv die warmen Sonnenstrahlen, das Gezwitscher der Vögel und den überwältigenden Duft meiner alten Rosen, höre das leise Wehen des Sommerwindes in den Blättern des Apfelbaums. Kleine Geschichten erzählt er mir, heimlich!
Ich habe einige leere Schneckenhäuser aufgesammelt, mein Igel oder vielleicht auch die Vögel haben ganze Arbeit geleistet. Die Schönheit dieser kleinen Kunstwerke der Natur ist bewundernswert. Hier an meiner Bank wächst ein Unkraut, ist es das auch wirklich? Es darf wachsen, bin gespannt, was daraus wird. Es sieht so exotisch aus. Warum erkennt man oft so spät alles als Geschenk anzunehmen, anstatt es gnadenlos zu vernichten.
Das große Glück kleiner Dinge.
Je länger ich lebe, desto deutlicher erkenne ich es. Ein wahrer Jungbrunnen! Seelen- Ballast? Dunkle Seite des Älterwerdens?
Alles verschwindet und mein Herz ist voller Liebe, meinen Schutzengel spüre ich an meiner Seite und sage schon manchmal ganz leise „Danke", auch wenn Trauereinbrüche mir oft Herzschmerzen machen.
Ich bin nicht 80 geworden, um nur in der Vergangenheit zu leben.
Jeder Tag bringt Neues, Anderes. Und unverhoffte und auch nicht erwartete Komplimente.

Nun habe ich seit gestern Internetanschluss und kann „mailen"! Meiner Tochter habe ich als erstes die Neuigkeit mitgeteilt und die Kleine hat sofort geantwortet.

Geil! Mit Bernds Hilfe kapiere ich diese Herausforderung! G... ist im Moment ein Lieblingswort von mir und das auf meine alten Tage!!! Ich schäme mich einfach nicht, es drückt nur meine totale Begeisterung über all das Neue in meinem Leben aus.

Gerade weil in weiter Ferne die „90" droht, winkt ... was auch immer. Ich lebe!

Was kommt noch? Ich bin total zufrieden und muss das alles erst einmal verdauen. Bin ich alt? Nein, im ganzen Leben nicht. Ich kann noch staunen und fühle mich so reich beschenkt. Die körperlichen Gebrechen zwingen mich aber schon, über mein Alter nach zu denken. Ich möchte nicht unbedingt so lange wie möglich leben, sondern so erfüllt wie möglich.

Und noch ein bisschen Gesundheit dabei. Es steht für mich fest, dass es in jedem Leben ein unerklärliches Schicksal mit Glück oder Pech gibt. Gut, dass wir das nicht beeinflussen können. Meine Glücksdosis hole ich mir in Gesprächen mit lieben Freunden, mit guter Musik oder dem Anschauen eines schönen Bildes. Meine Zeichenmappe von früher liegt neben mir, ich werde wieder zeichnen, die Lust ist groß! Ob das wirklich noch was wird?

Ich werde es auf alle Fälle versuchen, einfach anfangen! Mit diesem Vorsatz habe ich auch keine Angst vor dem langen Winter. Kreativ zu sein hat mich schon immer glücklich gemacht. Feste Ziele habe ich da nicht, erzwingen kann ich auch nichts, also lasse ich alles gelassen auf mich zukommen, Block und Stift nehmen und sehen, was so alles passiert. Diese positiven Erwartungen machen mich neugierig.

Mein Tag mit mir neigt sich so langsam in den Abend hinein. Hab mir schon eine gute DVD herausgesucht, im Fernsehen läuft nichts nach meinem Geschmack.

„Ich denke oft an Piroschka", das ist es! König Arpad reitet in den Wolken über Ungarn. So schön, zum Mitträumen! Ein Film, ein bisschen zum Weinen, Lachen, über Abschied nachdenken und mitleiden!

Verabschiede mich für heute von meinem Computer und werde morgen mal versuchen im Internet zu surfen. Bis dann!

Amerika, eine verrückte Reise 1974

Angefangen hat dieses Abenteuer mit einem unverbindlichen Besichtigungsflug nach Pueblo-West (Colorado) in der Zeit vom 15. Februar - 19. Februar.
Der Preis für den Hin-und Rückflug inklusive Unterhalt und Verpflegung für eine Person betrug DM 600,-.
Für uns als Ehepaar waren es DM 1.000,-.

Hier ging es um eine Fluganmeldung an die PCI Grundstücksinformation GmbH in Frankfurt/Main.
Wir hatten an einen Informationsabend in einem renommierten Hannoverschen Hotel, durch eine gute Bekannte empfohlen, teilgenommen. Der deutsche Schauspieler Curd Jürgens stellte, durch einen Filmvortrag unterstützt, die Möglichkeit einer Kapitalanlage in Colorado, Amerika vor.
Faszinierend dieses Projekt, das von der amerikanischen Regierung gefördert wurde. Von der Ostküste weg in unbebaute Gebiete dieses weiten Landes. Das war ein Riesen-Auftrag.
Wir waren schwer begeistert! Die Firma McCulloch, ein großer amerikanischer Konzern, war da schon seit ungefähr 15 Jahren in der Landerschließung tätig, zu parzellieren und zum Verkauf anzubieten, ganze Städte zu planen und zu entwickeln. Erstmals in großem Maßstab eine Stadt der Zukunft zu verwirklichen.

Lake Havasu City in Arizona war das erste Projekt dieser Planung und weitgehend abgeschlossen. Mit Erfolg!
Und nun wurde, circa 13 Kilometer von Pueblo Colorado entfernt, eine zweite neue Stadt geplant und 1970 gegründet. Mit seiner Lage am Arkansas River wird Pueblo West von der Fertigstellung des riesigen Pueblo Dammes und der Talsperre profi-

tieren. Ein Tagesausflug zu den 21 besten Skigebieten Amerikas konnte man planen. Das waren alles begeisternde Aussichten!

Unser Interesse war geweckt, dieser Filmabend hat uns so überzeugt, dass wir mitfliegen wollten.

Meinen Mann war der Name McCulloch nicht unbekannt, denn die Firma hat in Amerika das Monopol in der Herstellung von Kettensägen und ist außerdem im Öl-Geschäft tätig. Viele beruhigende Fakten!

Wir beide hatten das Gefühl eines Aufbruchs, in was?
Arpad hatte eine schwere Erkrankung hinter sich, unsere Lebensmitte war schon überschritten.

Etwas ganz „Verrücktes" mitmachen?

Meine Flugangst habe ich notgedrungen ignoriert, das Ziel dieser Reise war ein Abenteuer! Und das wollte ich unbedingt miterleben.

Unser ältester Sohn konnte im letzten Moment noch einsteigen und so sind wir mit der Boeing 727 von Hannover nach Frankfurt geflogen. Dann ab Frankfurt mit der Boeing 7o7 nach Chicago, mit einer endlos langen Warteschleife vor der Landung im O`Hare International Airport. Meine Hände klebten vor Angst am Sitz fest. Mein Gott war ich froh, als wir „unten" waren.

Dann ging es durch die Zollabfertigung mit einer ziemlichen Aufregung. Bei meinem lieben Mann piepte es, er musste zurück und noch einmal durch. Wieder piepte es, bis sich herausstellte, dass seine Zigarilloschachtel im Anzug diesen Mist verzapfte.

Für diese Nacht waren wir im „Palmer House" Chicago, einem Hilton Hotel in der 17 East Monroe Street, untergebracht.

Mir kam es vor, als wenn wir uns in einem dieser pompösen amerikanischen Filme befanden.

Dieser rotgoldene Pomp, die dicken Plüschteppiche, schwere Kristallleuchter und die aufgetakelten Damen in den Sesseln, ...

wir haben erst einmal unsere Zimmer in den höheren Etagen aufgesucht und uns frisch gemacht.

Der Blick durch die schweren Vorhänge hinunter in die Strassenschlucht hat mich sofort schwindelig gemacht. Diese Wolkenkratzerhäuser ... man hat das Gefühl, den Wolken nahe zu sein.

Uns stand nun allen ein besonders schöner Abend bevor. Mit einem ausgedehnten Dinner, von meist schwarzen Obern mit langen weißen Handschuhen serviert, fing es an. Mit amerikanischen Cocktails endete er.

Ein großer Wermutstropfen war die „Sache" mit der Kleidung. Unser Sohn wurde nicht eingelassen, da er ohne Schlips hinein wollte. Ihm wurde vom Empfangschef angeboten, eine Krawatte zu besorgen. Das hat ihn einfach wütend gemacht, denn andere Gäste, besonders die dicken Damen, kamen unsäglich bunt wie Papageien angewatschelt und hatten keine Last, in die festlich geschmückten Räume zu gelangen. Die Herren hatten natürlich alle Krawatten um, teilweise sogar über bunten Hawaiihemden. Amerika, oh Gott!

Es half alles nichts, wir haben den Abend alleine genossen.

Amerikanische Filmstars traten auf, es wurde uns zu Ehren ein Feuerwerk an Darbietungen geboten.

In dieser Zeit hat sich ein kleines Drama mit unserem Sohn abgespielt. Was sollte er mit dem angebrochenen Abend machen? Die Ladenstrasse im Hotel aufsuchen oder mit dem Fahrstuhl in unsere Etage fahren?

Und ganz oben noch neugierig die Tür zur Feuerleiter öffnen und sich Chicago bei Nacht angucken. Die Tür fiel hinter ihm ins Schloss und so stand er draußen in der kalten Nachtluft ganz schön „oben" auf dem Notausstieg und ohne warme Bekleidung.

Er hatte sich ausgesperrt.

Aber sein Schutzengel kam in Gestalt unser lieben Mitreisenden Uschi, die etwas auf ihrem Zimmer vergessen hatte! Sie hörte sein Klopfen und konnte ihn befreien.

Um 06.00 Weckruf am anderen Morgen und –entsetzlich – um 06.30 Frühstück!

Unser Tagesplan war genau geplant, Transfer zum Flughafen und ab 09.00 Abflug Chicago mit McCulloch International Airlines.

Da gab es dann ein typisch amerikanisches Frühstück mit Ahorn-Honig und gebackenen Zimtschnitten und heißen Würstchen.

Dieser amerikanische „Way of life" hat uns schon sehr beeindruckt!

In Pueblo, einem Flughafen nur etwa 25 km von dieser neuen Stadt entfernt, sind wir um 11.30 gelandet und mit dem Bus ging es auf die letzte Etappe. Wir waren am Ziel unserer Reise!

Im Hotel „The Pueblo West Inn" ‚erbaut in moderner spanischer Architektur, haben meine Männer amerikanische Steaks kennen gelernt. Teller- groß. Nebenan lockte ein riesiger Golfplatz. Sohn, hättest Du damals schon mit Handicap 9 spielen können, wäre dieser Amerikaausflug für Dich noch unvergesslicher geworden!

Diese Hotelanlage war nun ein paar Nächte unser Zuhause. Jetzt konnte das Abenteuer beginnen!

Jeder Kaufinteressent bekam einen Hubschrauberflug über das ganze vermessene Areal. Ich bin noch nie so gut und angstfrei geflogen, unter uns der riesige 26,5 Quadratmeilen große Stausee des Arkansas, dem Wasserreservoir von Pueblo, und ringsum ideale Erholungsmöglichkeiten während des ganzen Jahres, einschließlich Fischen, Jagen und Camping.

Eine Traumkulisse, von unserem Hubschrauber aus zu sehen. Unser Pilot erklärte uns alles.

Die Bergketten der Rockies sind in nur etwa 30 Minuten mit dem Auto zu erreichen. Da liegen ja auch einige der weltberühmten Wintersportorte Amerikas.

Hier wurde eine völlig neue amerikanische Stadt für 60.000 Einwohner geplant mit einer idealen Besiedlungsdichte, auf einen Morgen Land kommen durchschnittlich etwas mehr als zwei Personen.

In Hannover hatten wir schon erfahren, dass diese Lage einer Stadt strategisch ideal war. An der östlichen „Frontseite" der Rockies gelegen, wurde uns erzählt, dass gemäß Phase 1 der Entwicklung von 14.310 Morgen etwa 9.640 Morgen für Wohngebiete, 640 Morgen für geschäftliche Zwecke, 2.980 Morgen für Golfplätze, Parks und Grüngürtel und 50 Morgen für Reitparks geplant waren.

Der restliche Teil des Gebietes von 11.680 Morgen ist bereits als Phase 11 entwickelt worden und in Zonen aufgeteilt und ausgeplant.

So, das waren die technischen Daten, die ja hochinteressant für einen Käufer sind.

Diese Forschungsarbeiten zogen sich über 5 Jahre hin.

Für uns ein Beweis dafür, dass es sich um lange geplante seriöse Pläne handelte.

Wir drei waren schwer beeindruckt und wild entschlossen, uns hier einzukaufen.

Ein Bon Bon bekam ein Käufer noch dazu. Beim Kauf eines Grundstücks bekam man den Flugpreis geschenkt.

Also die Sonne schien, Amerika präsentierte sich von seiner schönsten Seite. Die Steaks in der Edelstahlwanne waren riesig, Deutschland und der Rückflug waren noch weit weg.

Wir haben uns einen 6000 Quadratmeter Bauplatz ausgesucht. Die besten und interessantesten waren natürlich längst verkauft! Parcel: 95-210-07-031, das sind jetzt wir!

Nun alles noch einmal und in Ruhe erzählt! Also wir sind um 11.30 in Pueblo gelandet und waren um 12.15 im Hotel „The Pueblo West Inn" angekommen.

Um 12.45 Mittagessen und dann ging's auch schon mit dem Bus in die Rocky Mountains. Unser Ziel: Royal Gorge. Zwischen Canon City und Parkdale verläuft dieser enge Canyon mit seinen rötlichen, über 300 Meter hohen Felswänden aus Granit, den eine Hängebrücke überspannt. Für die Bahnlinie, die unten am Arkansas River entlangführt, ist gerade Platz zum eingleisigen Betrieb.

Unser Reisebegleiter erzählte uns, dass der Bau dieser Bahnlinie ein abenteuerliches Unternehmen war. Männer mussten an Seilen heruntergelassen werden, um die ersten Sprengungen vorzunehmen.

Die im Dezember fertig gestellte Hängebrücke über den Royal Gorge ist die höchste der Welt.

Sie verläuft 321 Meter hoch über dem Flussbett des Arkansas und ist 384 Meter lang. Eine Standseilbahn, die steilste der Welt und der Pikes Peak in 80 km nördlich zu sehen, sind großartige Eindrücke. Wir haben nur gestaunt!

Mein Sohn musste alles ausprobieren, mir wurde vom bloßen Hinschauen schwindelig.

Abends haben wir uns dann alle zum Cocktail und Abendessen im Hotel getroffen.

Mit einem gemütlichen Beisammensein in der Hotelbar klang dieser Tag aus, der uns unglaublich viele schöne Eindrücke beschert hat.

Am Sonntag, dem 17.2.1974 der Weckruf, um 07.00 Uhr!! Das musste einfach so früh sein, weil nun die Vorstellung des Projektes Pueblo West der McCulloch-Gesellschaft stattfinden sollte.

Ab 07.30 gab es Frühstück bis 8.15 und dann kam das Geschäftliche.

Die Rundfahrt durch das angebotene Gelände begann, erste Kaufgespräche folgten. Da vor uns schon viele Kaufinteressenten zugeschlagen hatten, waren die Sahnestücke weg. So in der Nähe des 18-Loch Golfplatzes und der City gab es nichts mehr. 1oo km Reitwege und Tennisplätze sind neben 2 Parkanlagen geplant. Unser Land, mit Mister Collins ausgesucht, lag in der Nähe des Highway nach Denver.

Pueblo West hat außerdem eine ideale Lage innerhalb Colorados Hauptindustriegebiet. Das Klima ist ein weiterer Vorteil für Kapitalanleger, die raus aus den überbevölkerten Städten wollten. Da in Pueblo West die gleichen klimatischen Verhältnisse wie in Deutschland herrschten, hatten wir alle warme, bequeme Kleidung mitgenommen.

Anhand des Bebauungsplans haben wir nun in Ruhe unser Land ausgesucht. 6ooo Quadratmeter waren es insgesamt. Mit unserer Filmkamera haben wir unseren Rundgang festgehalten und waren glücklich und stolz!

Eigentlich hatten wir eine eher laxe geschäftliche Abwicklung hier in Amerika erwartet und mussten ganz schnell einsehen, dass das ein gewaltiger Irrtum war. Diese Vor- und Rückversicherungen, dieser bürokratische Aufwand, das hat uns sehr beeindruckt. Und auch beruhigt! Also völlige Sicherheit für den Kunden. Es gibt keine Baupflicht, was wir aus Deutschland ja nicht kennen.

McCulloch Properties Inc. ist eine Tochtergesellschaft der McCulloch Oil Corporation, die an der amerikanischen Börse notiert ist. Alle Unterteilungen sind registriert, genehmigt und schriftlich festgelegt bei den staatlichen Behörden und dem

US-Ministerium für Wohnungsbau- und Städteentwicklung in Washington.

Die Titelurkunde und die freie Eigentumstitel-Versicherung werden nach Erfüllung aller finanziellen Verpflichtungen sofort ausgehändigt.

Da die Entwicklung und der Verkauf schon im Jahr 1970 begann, war es derzeit noch möglich, voll erschlossenen Boden zu einem äußerst günstigen Preis ab DM 2.40 pro Quadratmeter zu erwerben. Etwas teurer war es dann aber doch für uns.

Was die finanzielle Seite anbelangt, kam zu den Grundstückspreisen nichts mehr hinzu.

Keine Provision oder sonstige Vertragsgebühren.

Nach Barzahlung wurde uns der Titel, also die Grundbesitzurkunde, vom Staatlichen Grundstücksamt innerhalb von vier Wochen ausgehändigt.

Korrekter ging es nicht!

Nun bekamen wir auch ein Dauer Visum nach Amerika!

Interessant war auch für uns Ausländer, dass 90 Prozent der Grundstücke an Amerikaner verkauft wurden und nur 10 Prozent für alle anderen Kaufinteressenten zur Verfügung standen. Das war gesetzlich festgelegt!

Um 13.30 Uhr gab es dann unser Mittagessen und anschließend hatten wir noch interessante Kaufgespräche.

Durch die großen Glasscheiben hatten wir einen herrlichen Blick auf die schneebedeckten Rocky Mountains.

Ich konnte das alles gar nicht fassen, Grundbesitz in Amerika, das war alles noch wie im Traum! Im Herzen des Western Ranch- und Cowboylandes Colorado!

Diese ziemlich verrückte Idee uns an diesem Projekt im fernen Land zu beteiligen elektrisierte uns. Es klappte alles optimal, die Organisation war bewundernswert und die bürokratische Abwicklung schnell. Der Cocktailempfang, typisch für so Veranstaltungen, begann um 18.3o Uhr mit anschließendem Abendessen.

Die Stimmung konnte nicht besser sein und mit einem gemütlichen Beisammensein in der Hotelbar endete dieser aufregende Tag für alle.

Am Montag morgen wurden wir um 7.oo Uhr geweckt und um 8.oo Uhr war Frühstückszeit.

Danach hatten wir nun noch Gelegenheit zum Einkaufen, denn um 12.oo Uhr war der Abflug von Pueblo mit McCulloch Int. Airlines geplant.

Um 16.oo Uhr Landung in Chicago O`Hare Int. Airport.

Ab 18.45 Abflug von Chicago mit Swissair SR 165-DC 1o.
Das war ein gewaltiger Serviceunterschied, wir wurden grandios verwöhnt. Meine beiden Männer schliefen in ihren Sesseln und ich versuchte, mich mit einem Film abzulenken. Der schwarze Himmel draußen machte mir wieder einmal totale Angst.

Endlich, nach langen Stunden, landeten wir am anderen Morgen um 1o.5o Uhr in Zürich.

Um 11.55 Uhr Abflug von Zürich nach Frankfurt mit Swissair SR 534.

Dann ab nach Hannover und ziemlich spät sind wir in Gifhorn angekommen. Bettina schlief schon, Matthias hat uns in Empfang genommen, an Schlaf war überhaupt nicht zu denken. Wir haben ihm einen Lederbeutel voller kleiner Granitsteine mitgebracht. Das waren die Rocky Mountains im Mini-Format!

Gerade mal eine Woche lag zwischen dem Start hier in Gifhorn und der glücklichen Wiederkehr. Mit einem Gefühl, etwas total Geniales erreicht zu haben!

Die zweite Lebenshälfte begann mit dieser Gewissheit, noch einmal etwas gewagt zu haben!

Alle meine Freundinnen
Über meine längste Freundschaft erzähle ich jetzt,
Elli ist es! Elli Schmidtke!

Bevor ich nach meinem Mittelschulabschluß eine Berufsausbildung antreten konnte, wurde ich im Oktober 1941 zum „Arbeitsdienst" in das RAD – Lager 10/82 in Zernien, nahe Uelzen eingezogen worden.

Es war ein Barackenlager einfachster Bauart in der Nähe der Magdeburger Göhrde.

Ich hatte mich freiwillig gemeldet um nach Masuren zu kommen. Das war mein sehnlichster Wunsch. So viele Geschichten und Romane hatte ich über dieses schöne Land gelesen, dass ich alles mit eigenen Augen erleben wollte. Der Krieg zerschlug meine Träume! Nun wurde ich nach Zernien beordert und war sehr enttäuscht.

Und da habe ich den kältesten Winter in jungen Jahren erlebt, in der Erinnerung ist es jedenfalls so haften geblieben. Diese Nachtwachen am Kanonenofen, das Bettzeug war manchen Wintermorgen durch den Atem angefroren, die frühmorgendlichen Appelle wurden in der eisigen Winterluft abgehalten. Heute, im warmen Sessel an der Heizung, ist es ein schauriges Erinnern!

Mit Holzlatschen, Arbeitskluft und Kopftuch riesige Kohlenberge geschaufelt, es wurde ein schlimmer Winter.

Diese Zwänge sich unterzuordnen, in einer großen Gemeinschaft zu leben, hat mich ziemlich gefordert. Gehorsam war uns in frühen Kinderjahren im Elternhaus beigebracht worden, aber dies war ein anderes Leben in Baracken Kameradschaften mit vielen Mädchen Tage und Nächte teilen!

Und die vielen Züge am nahen Bahngleis erleben, die Deutschlands Soldaten in den Krieg nach Russland brachten. Wir waren so froh, wenn wir heißen Tee, Kaffee und belegte Brote an den Zug bringen konnten. Mancher Briefwechsel ist so entstanden. Es sollte ein erfahrungsreiches halbes Jahr meines Lebens werden.

Wir wurden zur Unterstützung der Familien in den Bauernhöfen auf die umliegenden Dörfer eingeteilt. Die Männer waren im Krieg, und so wurde jede noch so kleine Hilfe dankbar angenommen. Die Frauen waren entlastet und konnten sich um Dinge kümmern, die sonst ihre Männer verrichteten.

Ich bin jeden Morgen ein paar Kilometer durch den eisigen frühen Tag zu meinem Hof gewandert und total durchgefroren angekommen. Und freute mich schon auf das Durchwärmen am alten großen Küchenherd. Die Oma hatte für mich Milch mit Honig gesüßt und klönte erst einmal mit mir. Die Arbeit drängte ja nicht, Feldarbeit im Winter? Es ging gemütlich zu, ich habe nur gute Erinnerungen daran. Nachmittags ging es zurück ins Lager.

Und am Abend haben wir „Arbeitsmaiden" uns vom Tag und allen vorgefallenden Ereignissen erzählt. Am liebsten habe ich mich mit Elli unterhalten, die ihr Bett in meiner Kameradschaft hatte.

Jeder hatte so seine Freundschaften. Ob alle so lange gehalten haben wir unsere? Das möchte ich bezweifeln.

Unsere kleinen Freuden waren „Wichteln"! Ein hübsches selbst geschriebenes Gedicht, ein persönliches Lesezeichen, etwas organisiertes Essbares. Was auch immer diese bescheidenen Geschenke waren, diese adventlichen Überraschungen waren das Salz in der Suppe.

Elli konnte das besonders einfühlsam. Ich habe noch Verschiedenes aus dieser Zeit. Wie oft haben wir später, als die unselige Grenze uns trennte, Gedanken und Erinnerungen brieflich oder telefonisch ausgetauscht und so sehr gehofft, uns einmal wiederzusehen.

In diesem Winter 41/42 in Zernien zeichnete sich ab, dass ich zum ersten Mal in meinem Leben Weihnachten nicht zuhause verbringen würde. Unsere Lagerführerin hatte schnell bei Schulungen meine künstlerischen Neigungen erkannt und mich ab und an zur besonderen Verfügung (Z.B.V.) eingeteilt.

So musste ich Dekorationen anfertigen und kleine Geschichten über die verbliebenen Bewohner der Baracken schreiben, die schon genug mit Heimweh zu tun hatten. Und noch viele andere Dinge mehr, die in die Weihnachtszeit passten. Das hat mir natürlich riesigen Spaß gemacht.

Meine Lagerführerin kannte von Ausbildungszeiten meine große Schwester, die als Musikreferentin von Niedersachsen tätig war und schlug mir vor, doch eine Ausbildung in ähnlicher Form anzustreben.

Nein, im ganzen Leben nicht! Das habe ich ihr schnell klar gemacht! Gehorchen hatte ich nun, wenn auch in anderer Form als im Elternhaus, gelernt. Aber befehlen? Das war nicht meine Welt!

So langsam war das Ende unserer Arbeitsdienstzeit in Sicht. Wir erbauten uns abends mit dem Lied, das aus Belgrad durch den Äther zog: „ Es geht alles vorüber, es geht alles vorbei.
Nach jedem Dezember folgt wieder ein Mai!"

Heimat Adressen wurden ausgetauscht, über Berufswünsche gesprochen. Plötzlich war alles keine Gemeinschaft mehr, was ein halbes Jahr in unserem Leben wichtig erschien.

Die Freundschaft zwischen Elli und mir besteht immer noch und zwar sehr, sehr herzlich!

Alle meine Freundinnen
Leni Rosenmeier, meine rheinische Frohnatur- Freundin

Du bist immer dabei, wenn ich an meine Rheumakur in Bad Kreuznach denke. Im Mai 1979 bin ich in der Karl- Aschoff- Klinik zunächst für 4 Wochen aufgenommen worden.

Ich bekam ein sehr schönes Zimmer, durch die breite Fensterfront konnte ich in weiter Ferne den Soonwald und bei klarer Sicht den Taunus sehen. Es fing alles gut an. Nun war es nur noch wichtig, an einen guten Tisch zu kommen.Jetzt kam aber als erstes die Aufnahme in diesem großen Haus.

Mein Wunsch: „Reduktionskost!" Bei Kleidergröße 4o nicht unbedingt erforderlich. Ich versprach mir Erleichterung meiner oft unerträglichen Gelenkschmerzen und ein bisschen Eitelkeit war auch mit im Spiel.

Eine Überwindung, zum ersten Mal durch den riesigen Speiseraum gehen und den zugewiesenen Tisch suchen. Die Neuen wurden immer angestarrt. Das haben wir später auch gemacht. Meine zukünftige Mannschaft hatte mich schon im Visier und mich sehr freundlich begrüßt. Uff, der Anfang war gemacht!
Sie waren einen Tag vor mir eingetroffen. Und kannten sich schon etwas!

Beim Abendessen lernte ich so meine Tischnachbarn für die nächsten Wochen kennen. Also wenigstens vier Wochen Gemeinsamkeiten. Auf alle Fälle bei der Zuteilung der Speisen, die ziemlich übersichtlich auf dem Teller lagen. Wir hatten alle Reduktionskost beantragt oder nach ärztlicher Untersuchung angeordnet bekommen und hatten den Ehrgeiz , einige Kilos zu verlieren. So kam kein „Futterneid" auf, wir kämpften alle vier an derselben Front!

Leni zu meiner Linken, Georg zu meiner Rechten und dann dieser junge Mann, dessen Namen ich nicht mehr weiß. So ging es los! Eine große Erleichterung, Sympathie war sofort vorhanden.

Leni machte uns allen gleich am ersten Abend das mit dem Duzen klar. Ohne langes Geschwafel oder wohlmöglich noch Küsserei ging es über die Bühne. Nach kurzer Eingewöhnungszeit klappte es dann auch problemlos. Für mich ein bisschen ungewöhnlich, aber diese Rheinländer kennen ja nix!

Es war kurz vor Pfingsten und brütend heiß. Die Eingewöhnung in der Klinik zog sich doch hin, trotz netter Nachbarschaft am Tisch. Ich war eine knappe Woche da und versuchte nun verzweifelt ein gutes Hotel zu finden.

Mein Mann wollte mich unbedingt über die Festtage besuchen mit Bettina, meiner Tochter, im Schlepptau. 2 Hotelzimmer in so einer Kurstadt so schnell zu bekommen war ein Glücksspiel. Es nervte ungeheuer. Und hat dann doch geklappt!

Für uns Patienten gab es über die Feiertage ein Riesenfestessen. Natürlich keine Anwendungen. Schwimmen konnten wir so oft wir wollten.

Ich war froh, als endlich der normale Kuralltag begann.

Leni und Georg waren schon mehrmals als Patienten in dieser Klinik und klärten mich über alles Mögliche schnell auf.

Lachend erzählten sie mir auch, dass sie ganz schnell Einfluss auf die Besetzung ihres Tisches genommen hätten. Eine ziemlich dusselige Dame haben sie schnell wegsetzen lassen und mich auserwählt.

Was man so alles mit Beziehungen in einer Klinik erreicht!
Beide waren Privatpatienten. Das habe ich dann alles später einmal erfahren. Diesen jungen Mann neben uns haben wir mit nachsichtiger Toleranz ertragen. Er lieferte uns ungewollt die schönsten Steilvorlagen für Lenis rheinischen Humor:" Hat ih-

nen das Frühstück „immatrikuliert?" Eigentlich gemein so etwas, und dann dabei ernst bleiben! Der Gute hat, glaube ich, nie kapiert, was wirklich gemeint war, die totale Verklappse.

Er wurde von den Damen hofiert, mit einer athletischen Figur gesegnet hatte er schon seine Chancen. Wenn er nicht gerade den Mund aufmachte, konnte er als Adonis durchgehen! So, das nun " dazu."

Georg war ein verheirateter kinderloser Prokurist aus dem Schwabenland. Ein gebildeter, feinsinniger Mann, der Lenis Humor überhaupt nicht mochte. Und mir zuliebe an unserem Tisch blieb! Das hat er mir am Ende der Kur gestanden. Ganz schön spannungsreich das Ganze!

Mein Mann lernte in den paar Tagen natürlich auch meine Tischmannschaft kennen. Und konnte nicht begreifen, dass ich Leni auf Anhieb sympathisch fand.

Ihr Lachen war ansteckend, wir mochten uns sofort. Unsere Zimmer hatten wir beide im ersten Stock schräg gegenüber und so bekam ich manchen Abend ein kleines Brieflein unter die Tür geschoben.

„Hallo Trudi, Goldstückchen! Ich bin so neugierig und habe bis um 24 Uhr auf eine Nachricht unter meiner Tür gewartet. Hat „Becki" im Kurpark Rosen für dich geklaut?"

Wir waren wie die Kinder und haben so viel gelacht. Besuche auf den Zimmern waren streng untersagt, also schickten wir uns kleine Neuigkeiten auf diesem Weg.

Wir hockten ja nicht jeden Abend zusammen, Lenis Mann hatte sich im „Rosenhof", einem urigen Weinlokal, für ein paar Wochen einquartiert und war neben Georg unser getreuer Vasall auf Spaziergängen und abendlicher Einkehr zum Dämmerschoppen. Ohne das Viertele gab es keinen Feierabend für uns! Nach einem anstrengenden langen Tag sind wir oft durch die herrlichen Grünanlagen und den Rosenpark an der Nahe entlang zum „Rosenhof" auf ein oder zwei Nahewein gewandert. Leni konnte selten widerstehen und ließ sich immer mit einem kleinen Imbiss verwöhnen .Der bestand aus einer Portion Sauerkraut, unter der versteckt ein kleines „Kasseler" lag. Die Diät war ihr ja so egal, aus Freundschaft bereitete ihr unser Wirt dieses Vergnügen. Sie kannten sich nur zu gut!

Draußen unter alten Kastanienbäumen haben wir den meist sonnigen Maitag Tag ausklingen lassen.

Ich glaube beinah, dass Theodor Storm, mein anbetungswürdiger Dichter, hier im Rosenpark unter dem Sternenhimmel Bad Kreuznachs gelustwandelt ist!

„ Die Nachtigall „
Das macht, es hat die Nachtigall
Die ganze Nacht gesungen;
Da sind von ihrem süßen Schall,
Da sind in Hall und Widerhall
Die Rosen aufgesprungen."

Die Nachtigall habe ich schlagen gehört und unzählige Liebe suchende Glühwürmchen tanzten in der Sommernacht und begleiteten uns auf unserem Heimweg durch den Abend. Einmal flog der Pirol am Naheufer entlang, dazu der betäubende Duft dieser ungezählten Rosenbüsche.

Das waren unvergessliche Maiträume!

Am anderen Morgen im Fahrstuhl begrüßte Leni unseren jungen Tischgenossen, der in einem weißen Bademantel und einem um den Hals geschlungenen roten Schal dramatisch gewandet mit uns zu den Anwendungen fuhr:" Guten Morgen, Herr Direktor. Macht ihnen ihre Artillerieslklerose heute auch zu schaffen?" Es war zu dick aufgetragen und er beachtete uns den ganzen Tag nicht. Sie machte ihm am anderen Tag beim Frühstück tolle Komplimente und alles war wieder gut!

Unsere Anwendungen haben wir, dank kleiner Bestechungsgeschenke, so gelegt, dass wir zusammen Freizeit hatten und Ausflüge machen konnten. Oben in der Kauzenburg gab es süffige Erdbeerbowle und einen herrlichen Blick über das Nahetal und die Stadt.

Wenn es nur zu einer kleinen Pause reichte, lud schräg gegenüber unserer Klinik das Terrassencafé am Kurpark ein. Da ließen wir uns dann auf die Schnelle einen Pernod servieren und haben die Enten auf der Nahe gefüttert.

In einer der zahlreichen Straußwirtschaften in den Weinbergen, die wir zielstrebig bei unseren Wanderungen aufsuchten, schmeckte das Remischen am kühlsten. Und roter Klatschmohn blühte verschwenderisch am Wegesrand!

Leni sprach jeden an, der uns unterwegs begegnete: „Guten Tag Frau Tüschenböhner!" „Kanntest du die", habe ich sie dann schon gefragt. „Nö" war ihre Antwort" aber die alte Dame hat sich doch gefreut!"

Sie wollte mich immer zum Lachen bringen und hat es geschafft.

Ob sie unterwegs einen mit sich selber redenden Mann mit „Guten Tag zusammen" grüßte, ihr Fazit dazu: „der war doch nicht allein unterwegs!" Ihre Schlagfertigkeit war einfach umwerfend.

Und dann der Ausflug zum Rotenfels, einem gewaltigen Felsmassiv oberhalb der Nahe. Es war einmalig schön so zu wandern, wir haben laut gesungen. Es war ein heißer Nachmittag und ein ziemlich langer anstrengender Weg durch den Wald. Leni und ich haben uns etwas abseits unserer Unterwäsche entledigt und sie an einem Stock im Sommerwind trocknen lassen. Und sind auf dem weichen Waldboden barfuß weiter gewandert.

Am steilen Felsen, der schroff nach unten abfiel, haben wir die Arme ausgebreitet und das Gefühl gehabt, fliegen zu können.

Pures Glück, das habe ich nie vergessen!

Nach einer Kaffeepause haben wir den Rückweg angetreten. Die Eintragung eines begeisterten Wanderers im Gästebuch dieses Ausfluglokals hat uns sehr berührt. Ich hab sie mir aufgeschrieben, weil diese Worte unsere Seele erreichten!

„Unser Land und seine Pracht,
Seine Berge, seine Fluren sind die Zeugen deiner Macht,
Deiner Vatergüte Spuren.
Alles in uns betet an, Großes hast du uns getan!"
Bastei Rotenfels im Mai 1979

Im „Rosenhof" sind wir nach einem langen Rückmarsch durch den schattigen Laubwald zum Dämmerschoppen eingekehrt. Unter alten Kastanien saß eine Gruppe älterer Damen, die voller Inbrunst sangen:

„Alles was Odem hat lobet den Herrn!" Unser Wirt begleitete sie auf dem Harmonium und wir haben voller Begeisterung mitgesungen. Es gibt so unglaublich schöne Geschenke, einfach unverhofft, unsere Zufriedenheit an diesem Tag war vollkommen!

Ich habe noch nie soviel mit einem Menschen gelacht, wie mit Leni. Unendlich dankbar denke ich an die Zeit mit ihr zurück. Einmal habe ich sie in ihrem hübschen Haus in Langenfeld besucht und sie war auch bei mir zu Gast.

Die alte Vertrautheit kam aber nie wieder!

Am Vorabend meiner Entlassung schob sie mir einen Abschiedsbrief durch den Türspalt:

Bad Kreuznach 22.6.79, 22.45 Uhr
Liebste Trudi!
In Kreuznach an der Nahe, da traf zur Kur man ein.
Die Trudi kam vom Norden, die Leni kam vom Rhein.
Man sah sich kurz und dachte: „Die kommt dir grade recht!"
Bei all den andren Typen wird einem wirklich schlecht!
Ganz öffentlich im Badehaus hat man sich fürchterlich empört,
dass, wer im Kurpark Rosen klaut, nicht in die Kur gehört.
Nun liebe Trudi lass dir sagen,
bleib wie du bist, so lieb und klar.
    Lies manchmal diese kurzen Zeilen und denk daran wie es hier mal war! Zum Abschied ganz liebe Grüße
Von deiner Leni Rosenmeier und Mann.

Am anderen Morgen, beim letzten Frühstück, bekam jeder eine Flasche Wein von ihr und ein letztes Ade: Für unseren Tisch 34: „Man tröstet ja ein kleines Kind am schnellsten mit der Flasche weil hier heut alle traurig sind, versuch ich's mit derselben Masche!"

    Wir haben geweint beim Abschied! Und an den Schlager gedacht, der damals hochaktuell in allen Kuranlagen Deutschlands gesungen und getanzt wurde: „Abschied ist ein bisschen wie sterben..." So schön kitschig. Manchmal wahr!

Lebe, keine Sekunde kommt zurück! Denn die Zeit kannst du nicht festhalten, wohl aber die Augenblicke!

Ihr schweres Rheumaleiden hat sie nicht alt werden lassen.

Alle meine Freundinnen
Maya, die Verrückteste von allen-

Da weiß ich überhaupt nicht, wo ich anfangen soll.

Wie kann ich so ein pralles Leben beschreiben? Auf alle Fälle erst einmal dies, sie war meine Nachbarin über viele Jahre.

In Holland geboren, hat sie bewusst oder unbewusst dieses eigentümliche Idiom, oder sage ich besser diesen interessanten Sing-Sang ihrer Muttersprache gepflegt! Das hatte was und machte sie auf Anhieb interessant! Ganz schön raffiniert, denke ich mal!

Sie konnte entzückende Briefe schreiben, persönliche Geschenke unglaublich attraktiv verpacken und kleine nachbarschaftliche Einladungen zu einem Erlebnis machen.

Wir haben uns schon lange Jahre aus den Augen verloren. Ich weiß nicht einmal, ob sie noch lebt.

Trotzdem bleibt die Zeit unserer Freundschaft über so viele Jahre tief in meinem Bewusstsein. Also, wo soll ich anfangen!

Am besten mit der Adventszeit, wo wir uns mit Schnäppchen vom Flohmarkt oder selbst eingebundenen kleinen Büchlein übertrafen.

Sie hatte einmal einen alten beschädigten Perlmutt- Fächer ergattert und eins dieser Teile kunstvoll in den Einband eines ihrer zauberhaften Kunstwerke eingearbeitet!

Letzteres hat sie mit so einer Perfektion entwickelt, dass das Blättern darin mir noch heute unglaublichen Spaß macht. Mit einer Energie ohnegleichen sammelte sie zuerst oft über Monate Bilder und Texte zum Inhalt dieser Kostbarkeiten. Sie schrieb Verlage an mit der Bitte um Zusendung wertvoller Kataloge. Die sie auch immer bekommen hat und die Grundlage waren für ihre wunderbaren Kreationen!

Sie sonnte sich im Glanz ihrer Arbeit, und erwartete aber auch entsprechende Lobeshymnen!

Ob es japanische Lyrik, chinesische Tuschzeichnungen, Liebeslieder moderner Art oder Minnegesänge aus dem Mittelalter waren, sie sammelte alles und brachte es mit ihrer eigenen unverwechselbaren Begabung zusammen.

Ich hatte dieselbe Leidenschaft. Wir machten vieles gleichzeitig und doch ganz unterschiedlich. Ich kann wirklich sagen, wir haben uns gegenseitig bewundert. Das spornte zu Höchstleistungen an und zum Erfinden immer neuer Ideen.

Das schlug besonders in der Adventszeit buchstäblich zu Buche.

Wenn morgens der Briefkasten klapperte, konnte ich mich auf etwas Besonderes freuen, umgekehrt ist es ihr auch so ergangen. Es war eine unglaublich kreative Zeit unserer Freundschaft.

Nach ein paar Jahren hat die Familie hier in Gifhorn ihr Haus verkauft und ist nach Nienburg gezogen. Das war ein ziemlich schmerzhafter Abschied.

Ich bin ein paar Mal mit meinem VW „Weltmeister" über die Autobahn Richtung Hannover, Abfahrt Nienburg, gefahren. Und habe meist eine Nacht in ihrem schönen Haus geschlafen.

Außer der Freude über meinen Besuch hatte das für sie noch einen erzieherischen Nebeneffekt:

Es musste wieder einmal gründlicher geputzt und aufgeräumt werden. Voll Vergnügen teilte sie mir so ihre Vorbereitungen mit:

„Trudi, ich habe deutsche Hausfrau gespielt!" Vertraute Klänge! Sie trug das Herz auf der Zunge und es machte sie so erfreulich sympathisch! Ehrlich genug war sie, um das zuzugeben!

Beim Frühstück, mit viel Sorgfalt vorbereitet, lag etwas „Eingepacktes" am Gedeck! Sie hatte immer eine meist kostbare

Überraschung für mich, ein Geschenk, das eine meiner Sammlungen vervollständigte!

Da sie alle Antiquitätenläden im Umkreis kannte, durften wir meist ins Hinterzimmer, wo noch nicht überholte Kostbarkeiten lagerten. Manches Schnäppchen haben wir da gemacht und abends stolz ihrem Mann vorgeführt!
Er war ein sehr höflicher Mann!

Sie ist genauso oft noch nach Gifhorn gekommen. Ihr Bekanntenkreis war ziemlich groß.
Auf alle Fälle hat sie meinen alljährlichen Sommer- Flohmarkt bei mir im Garten bereichert.
Bevor meine Gäste kamen, haben wir uns schon gegenseitig was abgekauft. Es war ein herrliches Vergnügen! Jahrelang ging das so!
Unsere Freundschaft endete leider mit einem bitteren Beigeschmack!
Sie konnte nicht ertragen, dass andere Personen in meinem Umfeld für mich auch wichtig waren und hat mir eine sehr unschöne Szene gemacht.
Es war aus! Und hat ziemlich wehgetan!
Später habe ich erfahren, dass sie dieses Desaster schon einmal vor mir erlebt hat. Sie konnte ihre Gefühle nicht im Zaum halten, und diese große menschliche Enttäuschung saß tief!

Alle meine Freundinnen
Emily, die Domina mit einer so schönen Seele!

Kennen gelernt haben wir uns in der Diana- Klinik in Bad Bevensen. Es war Mitte November, ich kam als Krankenhauseinweisung mit einem kranken Körper und einer noch krankeren Seele.

Meinen Mann hatte ich im Sommer durch eine schreckliche Krankheit verloren. Vierzig Jahre unseres Lebens haben wir geteilt, alle Liebe, alle Gemeinsamkeiten – diese unendliche Einsamkeit überfällt dich mit so einer Wucht, dass du kaum atmen kannst!

Jeder Morgen beginnt mit totaler Verzweiflung, das Bett neben dir ist leer. Der Tag liegt vor dir wie eine unerträgliche Last. Eine Gnade, wenn für ein paar Stunden der Schlaf dich in die Arme genommen hat, das Erwachen umso fürchterlicher! Alles stürzt mit gnadenloser Erbarmungslosigkeit auf dich ein, es kann dir keiner helfen. Du musst da alleine durch!

Es ging und ging einfach nicht, auch nicht mit ärztlicher Hilfe. Mein Tag bestand aus Weinen und totaler Hilflosigkeit mit dem Leben fertig zu werden. Mein Hausarzt schlug mir vor, für ein paar Wochen in die Diana- Klinik in Bad Bevensen zu gehen.

Mitte November war das. Meine starken rheumatischen Beschwerden und die psychische Verfassung waren der Einweisungsgrund. Durch meine Zuzahlung bekam ich ein Einzelzimmer, das war vorher geregelt. Ich konnte keinen Menschen um mich ertragen und war irgendwie froh, hier in Gifhorn aus allem raus zu kommen, was mich täglich erinnerte.

Bei der ersten ärztlichen Untersuchung wurden die Weichen für 6 Wochen Klinikaufenthalt gestellt. Mein Doktor dort hat bestimmt wenigstens ein Semester Psychologie belegt!

„Was mache ich mit ihnen?" Dachte er laut. Das war alles sehr positiv, ich musste nicht Dinge tun, die mich mit all diesen lauten Patienten zusammen brachten. Ich wollte allein sein! Und bekam meinen Wunsch erfüllt.

Er hat mir Schwimmen im Hallenbad verordnet, leichte Massagen und Termine bei der Psychologin. So fing es an.

Die größte Herausforderung: Der riesige Speisesaal.

Beim Anblick all diesen redenden, lachenden Menschen bekam ich heftige Angstzustände

Und dann kam Emily ins Spiel. Ein starker Auftritt!

Sie fiel sofort durch ihre hohe, schlanke Gestalt und eine unnachahmliche, dominante Ausstrahlung auf. Eine Ebenholzstütze mit Silberknauff in der Hand, bewegte sie sich auf meinen Tisch zu, der mir vom Personal zugedacht war. Ihr erster Kommentar, nachdem sie kurz gegrüßt hatte:" sie sitzen auf meinem Platz!"

Das saß! Ich hatte die Namensschildchen auf dem Tisch nicht beachtet. Der Einstand war nicht gerade sehr freundlich, ich konnte sowieso keinen Bissen runter bringen und verabschiedete mich schnell. Mein altes Magenproblem machte mir schwer zu schaffen.

Bei der morgendlichen Arztvisite bat ich, auf meinem Zimmer essen zu dürfen. Das hatte ich in meinen Unterlagen gelesen und dachte, damit allen Schwierigkeiten zu entgehen! Das wurde auch sofort angeordnet, ich konnte trotzdem nicht essen.

Im warmen Schwimmbad traf ich Emily wieder. Sie sprach mich an und fragte, ob sie der Grund meines Unwohlseins gewesen wäre. Sie entschuldigte sich und bat mich inständig, es doch noch einmal unten am Tisch zu versuchen.

Ich tat es, mit mehr oder weniger großem Erfolg. Mein seelischer Kummer war einfach zu groß.

Aber so lernten wir uns immer ein bisschen näher kennen.

Sie hat mir viel aus ihrem Leben erzählt, in einer Kur hat man Zeit für so etwas.

Ihre roten Haare hat ihr der schwedische Vater vererbt und auch noch andere Charakterzüge. Der hätte gern geflirtet, was sie auch vor ihrer schweren Erkrankung getan hätte.

Dann habe ich all die mehr oder weniger heftigen Amouren ihres Lebens miterlebt.

Sie wollte Ärztin werden, hatte viele Pläne. Das ging dann alles nicht mehr. An einer großen Klinik in Hannover war sie lange Jahre leitende Oberschwester.

Und hatte für alle Wehwehchen Hilfe parat.

Viel aus ihrer Jugend hat sie mir erzählt. Wie eine kleine Prinzessin in einem sehr toleranten Elternhaus ist sie aufgewachsen, glücklich und mit vielen Freiheiten. Sie durfte tun, was sie wollte! Und dann diese Krankheit, die ihren Körper beinah zerstörte. Eiserner Wille zum Leben und ungebrochener Optimismus, damit hat sie ihr schweres Schicksal bewältigt. Ich habe sie bewundert! Diese Körperbeherrschung, sie wollte immer auffallen, im positiven Sinn!

Meinen Seelenzustand erkannte sie schnell und legte mir oft einen hübschen Spruch oder einfach eine eingewickelte Praline ans Gedeck.

Die Freundschaft wuchs, ich hatte mich auch an ihre ziemlich herrische Art im Umgang mit Menschen gewöhnt. Da hatte ihr Beruf sie wohl sehr geprägt!

Es war Advent, und das war die Zeit der kleinen Überraschungen. Sie machte einfach gerne Geschenke und mich lenkte das allmählich von meinem Kummer ab.

Seidenmalerei war ihr Hobby, und so bekam ich im Laufe der Zeit mehrere Tüchlein von ihr geschenkt. Sie liebte Gold, rot, blau und grün, eben alle knalligen Farben, die sie mit barocker Fülle verteilte.

Aufgehoben habe ich sie alle, diese mit beinahe kindlicher Lust gemalten Werke.

Ich bin mittags oft durch die Kuranlagen in das hübsche Städtchen bis ins Kurzentrum gewandert, wo man in der 34 Grad warmen Jod-Sole-Therme entspannen konnte. Diese heilkräftigenden Quellen haben diesen Kurort berühmt gemacht.

Aus meiner Etage bin ich mit dem Fahrstuhl nach unten gefahren. Das hat mich extrem gereizt. Diese engen Lifts in machen Häusern haben mir immer etwas Unbehagen verursacht.

Dieser nicht. Ganz aus Glas glitt er draußen am Haus entlang, sehr geräumig.

Beim Fahren bekam man einen wunderbaren Blick geschenkt auf das schöne Panorama draußen, über die gepflegten Kurparkanlagen und im Hintergrund auf das Flüsschen Ilmenau.

Oft habe ich mir den Spaß gemacht und bin erst einmal ganz nach oben gefahren, um in Ruhe dieses sanfte Gleiten nach unten zu genießen.

Dann ging es durch die Gänge im Kurhaus an all den kleinen, schnuckeligen Geschäften vorbei in die Grünanlagen und weiter in die heimelige kleine Stadt. Adventszauber war überall zu spüren, diese vorweihnachtliche Stimmung nahm mich total gefangen. Um die Mittagszeit war es ziemlich ruhig in den Gassen und Geschäften und ich habe mir das Vergnügen gemacht, kleine alltägliche Dinge festlich einpacken zu lassen. Die Verkäuferinnen boten das immer an. Sie hätten das wahrscheinlich auch mit einer Klorolle gemacht! Zum Abschluss habe ich mir einen Kaffee in meiner Lieblingsbäckerei gegönnt und noch einmal alle meine kleinen Einkäufe begutachtet. Einige dieser liebevoll verpackten Päckchen landeten auf der großen Fensterbank in meinem Zimmer, mit einem Tannenzweig dekoriert hatte ich hier meinen ganz persönlichen Advent.

Kleine Gaben, mitgebracht vom Spaziergang, bekam ich so für Emily zusammen, die ich abends bei „verbotenem" Kerzenschein im Zimmer überreichte. Sie hatte immer etwas für mich organisiert im großen Haus, so hatten wir beide unser Vergnügen!

Da wir auf der Privatstation unsere Zimmer hatten, war Besuch erlaubt, nur keine brennenden Kerzen. Das Verbot ignorierte sie total, es war Advent und sie lud mich zu einem Gläschen Wein und Keksen ein.

Ich habe sie im Sommer darauf in Bad Pyrmont besucht, eine wunderschöne Wohnung mitten in der Stadt bewohnte sie. Ihre Einladung schickte sie mir in einem mit kleinen Zeichnungen verzierten Briefumschlag, ein goldbemaltes Tüchlein lag dabei und immer diese Briefanschrift:" Mein Herzenskind."

Ein elegantes Hotel hatte sie für mich ausgesucht, wir haben abends vornehm getafelt. Und uns dann zu einem Wiedersehen in Bad Bevensen verabredet.

Jedes Jahr ließ sie sich mit der Taxe für 1-2 Monate in ein herrlich in der Nähe des Elbe- Seiten- Kanals liegendes Haus der Fürst Donnersmarck Stiftung zur Erholung und Behandlung bringen.

Da hatte sie dann ihre ganz großen Auftritte. Selbstbewusst schmiss sie sich ihre weiße Pelzstola um die Schultern, wenn abends eine festliche Veranstaltung im Haus war. Immer in lange Röcke gekleidet (sie fand ihre Beine nicht mehr schön) begrüßte sie oft genug anwesende Künstler, ihr Bekanntenkreis war sehr groß. Mit ihrer Silberkrücke und ihrem ein bisschen herrischen Auftreten machte sie sich nicht immer Freunde. Das focht sie überhaupt nicht an und genauso selbstbewusst beanspruchte sie auch Rücksichtnahme. Und die bekam sie reichlich!

Die Damen in der Verwaltung erhielten von ihr regelmäßig kleine Geschenke, eine Flasche Wein, Pralinen oder Kaffee. Sie war ein absolut großzügiger Mensch!

Für Besucher waren schöne Gästezimmer vorhanden und jedes Mal bat sie mich, doch nicht nur 1 oder 2 Nächte zu bleiben. Das habe ich nie ausgehalten, trotz aller Freundschaft waren das Zwänge für mich.

Dieses Vereinnahmen ertrug ich bei keinem Menschen!

Lange vor meiner Anreise organisierte sie den schönsten Frühstückstisch im Wintergarten für uns, damit ich nicht auf kranke Menschen beim Kaffee schauen musste. Unser Tisch war mit besonders schönem Geschirr gedeckt und Emily hatte für Blumen gesorgt.

Die Fensterbank in meinem Zimmer war bei meiner Ankunft mit lauter kleinen Geschenken, liebevoll verpackt, geschmückt. Sie wollte immer Freude bereiten!

Einmal habe ich sie dort im Advent besucht, gemeinsam sind wir in die Dreikönigskirche gefahren. Dieser Gottesdienst ist weit über die Grenzen Bad Bevensens bekannt. Emily war eine bekennende Christin und bat mich, an diesem Siebensterngottesdienst teilzunehmen. Ein gedrechselter Holzleuchter soll nach einer alten Sage die Anordnung der sieben Sterne des „Großen Bären" darstellen.

Wir hatten einen sehr guten Platz und konnten den Kerzenglanz hunderter Siebensternleuchter bewundern. Ein alter

Brauch, der jedes Jahr in diesem Gotteshaus viele Besucher magisch anzog.

Das war eine unerhört mystische Stimmung, die schönen alten Kirchenlieder habe ich aus vollem Herzen mitgesungen, falls ich sie denn kannte.

Ich bin immer reich beschenkt abgereist, reich deshalb, weil so eine Freundschaft nicht alltäglich ist.

Viele Briefe haben wir uns geschrieben. Sie legte oft kleine Gedichtchen oder Gebete für mich rein, eine getrocknete Blüte oder wieder einmal eins ihrer geliebten farbstrotzenden Seidentüchlein. Und immer: „Geliebtes Herzenskind..."

In regelmäßigen Abständen musste sie ins Krankenhaus, ich habe so oft um ihr Leben gezittert.

Und dann hat ihr krankes Herz nicht mehr mitgemacht.

Ihre kleinen Seidentücher habe ich alle aufgehoben, sie liegen wohlverwahrt in einem hübschen alten Karton, den sie liebevoll bemalt hatte. Womit? Mit Seidenmalfarben!!

Manchmal hole ich mir ihre mit viel Herzblut gestalteten Tüchlein und betrachte all die liebevollen Beweise ihrer Freundschaft, da ist mir heute noch wehmütig ums Herz!

Flohmarkt- Fieber

Wann hat das eigentlich so richtig angefangen bei mir?

Schlagen da Gene aus der Steinzeit zu, die umtriebig machen und diese unstillbare Sucht nach Sammeln, Horten und nach Schätzen jagen auslösen? Dieses Gefühl, behalten zu wollen, an schönen Dingen festzuhalten ... das kam gleich nach dem Krieg bei mir. Es war schon ein wenig Sammelwut, was wurde alles angeboten. Bis sich langsam herauskristallisierte, was ich wirklich wollte.

Überflüssige und zu schnell gekaufte Dinge kamen beim eigenen Flohmarktstand wieder auf den Tisch. Glücksmomente, wenn man etwas los wurde. Ein bisschen Fachwissen und souveränes Erläutern erleichterten den Handel, feilschen selber war nicht so mein Ding. Bei ganz hartnäckigen Kunden half manchmal schon ein Pokerface, um den Verkauf interessant zu machen. Den vorgegebenen Preis etwas reduzieren, das war es schon. Meist mit Erfolg. Flohmarktverrückte brauchten diesen Kick um Beute zu machen. Jeder ist auf der Suche nach dem Besonderen. Sich ja nicht anmerken lassen, wie verrückt man auf das eine, einzige Teil ist.

Die Läden waren wieder voll interessanter Ware. Die Begeisterung, nach all den Schreckens-Jahren einfach neu zu beginnen, sich vom Alten zu trennen, war ungeheuer. Endlich eine Veränderung der gewohnten Lebensumstände. Der Sammelvirus, diese ansteckende Krankheit, war noch nicht ausgebrochen. Was ist da alles am Straßenrand gelandet! Wie viele bereuten das später bitter.

Diese blaue Jugendstilvase, der alte Schreibtischstuhl ... ich habe dadurch manchen Familienschatz gerettet. Sehe meine Großmutter Kaffeebohnen mahlen, die schöne alte Mühle zwischen ihren Knien und das duftende Kaffeemehl in die Kanne

füllend. Das heiße nicht kochende Wasser darüber gießen und dazu einen noch warmen Streifen Butterkuchen, das war das größte! Dieser unvergleichliche Duft! Beinah vergessenes Glück, wenn nicht die Flohmärkte ein Wiedersehen bescheren würden.
So langsam etablierten sich zaghaft die ersten Märkte oder Adventsbasare.
Das war mein Revier.
In der Weihnachtszeit in dem Gemeindesaal neben der alten kleinen Kirche eines Dorfes so etwas zu erleben war wunderschön. Da standen die Omis mit weißgestärkten Schürzen am Tisch, in großen alten Kaffeekannen wurde der begehrte Trunk heiß gehalten und selbstgebackener Topfkuchen serviert. Man saß an langen festlich gedeckten Tischen und hatte gar nicht mehr das Bedürfnis, aufgeregt nach Dingen zu schauen. Hektik war ein Fremdwort und wenn man dann noch ein Schnäppchen machte, war die Freude groß. Eine alte Sammeltasse in die Hand nehmen, den Goldspruch darauf lesen und sich vorstellen, wie viele Münder daraus getrunken haben. An den aufgebauten Objekten vorbei schlendern, ein kleines Gespräch führen, das gibt es leider heute so nicht mehr. Es ist alles so durchorganisiert und auf Geschäfte machen ausgerichtet, dass diese Stimmung nicht mehr recht gelingen will. Anschließend in der kleinen Kirche nebenan einige Minuten Ruhe finden und über die gute alte Zeit nachdenken, deren Schätze jetzt angeboten werden.

Mein großzügiger Mann gewährte mir alle Freiheit und freute sich mit mir, wenn ich überglücklich mit einem „Schnäppchen" nach Haus kam.Er konnte allerdings nie begreifen, wie man die meist angestaubten Sachen anderer Leute anfassen, begutachten und mit zunehmender Sicherheit und Sachverstand den Preis diskutieren konnte.

Ihn beim Kauf eines Gegenstandes, gleich welcher Art, allein zu lassen, hätte fatale Folgen gehabt. Er wäre gnadenlos untergebuttert, weil sein Ehrencodex kein Handeln zugelassen hätte.

So lief dann auch unser Flohmarktbesuch zum Beispiel am Leineufer in Hannover nach einem bestimmten Ritus ab. Meine Tochter und ich fieberten alle vier Wochen diesem Ereignis entgegen.

Niki de Saint Phalles berühmte „Nanas" zogen immer wieder alle Blicke auf sich. Mutig und ein bisschen verrückt mitten in Hannover aufgestellt, waren sie ein unübersehbarer Blickfang für alle als stur verschrienen Niedersachsen. Ich mochte diese dicken, vor Lebenslust strotzenden Objekte sofort und habe die französische Künstlerin bewundert! Diese Figuren wirkten so kraftvoll und heiter, dass es erstaunt, zu wissen, was für ein schweres Leben ihre Schöpferin hatte.

Parken versuchten wir möglichst nicht zu weit vom Geschehen, damit wir unverhoffte Schnäppchen schnell ins Auto schleppen konnten. Oft genug passiert, wenn es denn viel zu tragen gab. Sich nie gut anziehen, das sieht unprofessionell und nach Geld aus.

Nun konnte das Jagen losgehen. Was wurde da alles verhökert, da war es gut, sich auf vorgenommene Käufe zu konzentrieren. Die eigene Sammlung durch ein Schnäppchen zu erweitern war das eigentliche Ziel.

Bei einem absoluten Preisvolltreffer eines anderen Genres entstand dann schon mal in Windeseile ein neues Sammelgebiet. Neben Scheußlichkeiten gab es atemberaubende Schönheiten in Glas, Porzellan und Büchern. Die waren bei den „Profis" zu haben, mit dem entsprechenden gelangweilten Gesicht angeboten. Da habe ich nie gefragt, die Preise wusste ich im Vorhinein.

Mein Mann als gebürtiger Hannoveraner ging derweil zum Frühstücken ins „Kröpcke"! Da traf er sich manchmal mit alten Gefährten aus der Schulzeit. Und konnte Erinnerungen auffrischen oder Neues erfahren.

So hatte jeder seinen Spaß!

Bei den „Nanas", im Hannoverjargon „Titten-Hilden" genannt, haben wir uns dann wieder getroffen.

Es hatte heftige Regenschauer gegeben, das war der absolute Glücksfall für mich.

Ein junger Mann wollte einen Spiegel mit einem Eichenrahmen verkaufen. Also das obere Teil einer Waschkommode aus den Zwanzigern. Der Regen hatte den Staub in dicken Schmutzsträhnen über das Teil meiner Begierde laufen lassen. Angeschliffener Kristallspiegel, unter dem sich eine unter Dreck kaum erkennbare Fliesen-Galerie im reinsten Jugendstil befand, das konnte ich auf den ersten schnellen Blick erkennen.

Jetzt galt es, cool zu bleiben!

Wusste der Verkäufer, was für ein Kleinod er da anbot?

Ich habe nach dem Preis gefragt und die Gegenfrage von ihm:" Was interessiert sie am meisten, der Spiegel oder die Fliesen?" Wir erkannten gleich den Jäger, Sammler und Kenner im anderen und mussten furchtbar lachen. Mein Glück, es fing an wieder heftig zu regnen und er hatte wahrscheinlich die Faxen dicke und wollte nach Haus.

So bekam ich dieses Traumteil für 20 DM. Diese Schwanenrelieffliesen wurde in meinem Antiquitätenführer damals schon mit 650 DM angeboten. Ich wusste das, er bestimmt nicht.

Ich habe sie beim Neubau unseres Badezimmers in die Kachelwand einarbeiten lassen und habe jeden Tag meine Freude daran.

Meine Sammlung konnte ich an diesem Tag noch um einige gute Käufe erweitern. Ein alter Mann bot in seinem Fahrradkorb

Fliesen an, die er aus einem Abbruchhaus hatte, Stück 1 DM. Alle aus den zwanziger Jahren. Ich konnte mein Glück kaum fassen. Und er war froh, diesen alten „Kram" los zu sein.

Das sind so Sternstunden im Sammlerleben!

Vergangenheit sind die ersten Flohmärkte in der Gifhorner Altstadt. Zwischen den Häusern 82/84 war ein langer schmaler Gang, der auf den Hof führte. Ein schönes Stallgebäude beherbergte unsere Flohmarktteile. Da kam im Laufe eines Jahres so allerhand zusammen. Es baten uns auch Freunde, etwas unterstellen zu dürfen. Nun galt es, so früh wie möglich unten am Haus zu sein, die Tische aufzustellen und sein „Revier" zu markieren. Das war der wichtigste Teil dieses Tages.

Erste Sammler grabbelten schon in den am Boden abgestellten Kartons herum, es fing an, etwas hektisch zu werden. Einer musste schon aufpassen.

Wenn alles aufgebaut war, flitzten meine Tochter oder ich los, um alle aufgebauten Stände so bis zur Kirche in Augenschein zu nehmen. Es gab eben ganz früh die besten Schnäppchen! Und die gab es noch reichlich. Und man traf dann auch viele bekannte Gesichter und zeigte sich voller Stolz die Errungenschaften, das war irgendwie gemütlich, trotz Jagdfieber.

Nun war auch die erste Tasse Kaffee fällig, die ersten zwei Stunden waren immer die aufregendsten. Verkaufen, selber kaufen, handeln und nun in Ruhe dem Tag entgegensehen.

So im Laufe des Vormittags fanden sich dann gute Freunde bei uns ein. Manchmal mit Sekt, um auf den „Umsatz" anzustoßen. Wenn dann noch die Sonne schien, und das Glück hatten wir beinahe immer, stieg die Laune gewaltig und dann haben wir auch schon mal einfach Teile an unentschlossene Käufer verschenkt. Natürlich meist die Sachen, die wir nicht wieder einpacken wollten.

Ganz misstrauische Zeitgenossen vermuteten manchmal einen Trick dahinter, das hat uns dann am meisten amüsiert.

Abends dann der Kassensturz! Wir haben nie überlegt, ob dieser doch schon stressige Einsatz den ganzen Tag das alles wert war. Es war einfach Vergnügen pur, und wenn wir dann noch unsere erstandenen Käufe auf den Tisch ausbreiteten, waren wir uns einig: „Es hat Spaß gemacht!" Nächstes Jahr wieder!

Dann ging es so langsam mit meinem Gartenflohmarkt los.

Bei meinem Kaffeekränzchen kam die Idee, doch Handarbeiten, gelesene Bücher und vieles andere mehr anzubieten. Ich hatte übergenug davon und meine Familie fand die Idee toll.

Schönes Wetter war Voraussetzung! So machte ich meinen Garten mit allen verfügbaren Tischen, Stühlen, Sonnenschirmen und gespannten Leinen zum Aufhängen zu einem gemütlichen Krambasar. Das fand begeisterten Zuspruch! In der Küche gab es Kaffee und Kuchen. Letzteres von den Damen anstatt Blumenstrauß mitgebracht. Eine tolle Idee, ich brauchte nicht selber zu backen. Das Schönste daran, die edlen Spender gaben ihr Bestes, blamieren wollte sich keiner.

Nach einem aufregenden Nachmittag standen dann gegen Abend die anderen Gastgeschenke zur Verfügung, Salate, Weißbrot, Käse und eine dicke Mettwurst auf einem Holzbrett.

Dieses Abendbrot konnte dann schon bis in den späten Abend dauern, die Geschäfte waren getätigt. Es war Flohmarkt, also gab es nur einen Wein von „Aldi"! Andere Ansprüche hatten meine Gäste auch nicht. Es passte alles zusammen. Ich habe nach diesem Erfolg gebeten, sich nächstes Jahr doch auch zu beteiligen und „Sachen" mitzubringen.

Für meine ausdauernsten Gäste spendierte ich zum Schluss noch einen Champagner, wenn der Keller das hergab. Sonst musste ein profaner Sekt herhalten.

In den darauf folgenden Jahren wurde alles angeschleppt, was Umsatz versprach. Klamotten wechselten ihre Besitzerin, manchmal gleich im Zimmer bei mir.

Mein großer Spiegel hat manches gesehen!
Porzellanservices wechselten ihre Besitzer, frisches Gemüse aus dem privaten Garten fand reißenden Absatz…über lange Jahre ging das so!

Ich war nach so einem Tag total geschafft und habe nur das nötigste aufgeräumt. Es gab ja den nächsten Morgen und der hatte es meist in sich.

Und dann trudelten die ersten Dankeschöntelefonate ein und ich wusste, dass dieses Gartenfest nächstes Jahr wieder stattfinden würde.

Seit ein paar Jahren schlossen sich nun die ersten Flohmärkte unserer Reihenhaus-Gemeinschaft an. Auf der Strasse vor unseren Häusern haben wir nach dem Frühstück unsere Tische aufgebaut und manches Geschäft getätigt. Die Regie haben aber nun meine jüngeren Nachbarn übernommen. Mit viel Erfolg, ich habe darüber schon eine kleine Geschichte geschrieben. Und will das deshalb hier nicht wiederholen. Das Kribbeln ist aber geblieben. Ist der Wettergott uns hold? Haben wir genug Reklame gemacht und werden wir etwas Umsatz machen? Marillo braucht das Geld für die AZ Aktion Helfen vor Ort!

In ein paar Tagen ist es wieder soweit, ich habe schon vieles herausgesucht und lieben Bekannten Bescheid gesagt.

Werde noch einen Kuchen backen und hoffen, dass es wieder ein Erfolg wird, unser Flohmarkt in der Elbinger Strasse.

Mein Flohmarktziel gab es eigentlich jeden Tag in Gifhorn. In der Nähe des Schillerplatz in einer Seitenstrasse lag das Ziel meiner Begierde, ein alter Schuppen in dem „Hansi" sein Reich hatte. Alle nannten ihn so, seinen richtigen Namen wusste ich nicht. Und „Hansi" hatte immer neues Sammelgut. Ob es von einer Haushaltsauflösung eines Professoren-Haushalts stammte oder einer Sperrmüllsammlung vom Strassenrand, damals gab es noch viele interessante Dinge. Und wenn er sein Geschäft um 15 Uhr öffnete, war ich nicht die einzige, die sammeln und kaufen wollte.

Die schönsten und wertvollsten Bücher habe ich da erstanden, herrliche alte Rahmen und so vieles andere mehr. Und dann war eines Tages Schluss.

„Hansi" erklärte mir, dass es einfach nichts mehr zu holen wäre und er wollte ja nun nicht im Abfall suchen!

Das Spiel war aus, ich war todtraurig und es hat eine Weile gedauert, bis ich diesen „Verlust" überwunden Hatte. Zumal wir immer auch richtig gute Gespräche hatten.

Die Erinnerung an all die Jahre mit diesem unstillbaren Drang nach Schönem, Verrückten ... nach Gesprächen mit schlitzohrigen Händlern und dem unverwechselbaren Flair eines Marktes ... langsam wird es Vergangenheit!

Warum erwische ich immer die verkehrte Kasse

Der Weg ist das Ziel und als erfahrene Käuferin weiß ich genau, wo ich suchen muss. Die Verkaufsstrategen haben sich schon überlegt, wo der Blick hinfällt, wenn man mit dem Wagen an den Regalen vorbei fährt.
In Augenhöhe sind die Erfolge am größten. Da liegen die teuersten Artikel. Wenn ich das nun gerade haben will, na gut. Ansonsten bücke ich mich gerne und suche mir das aus, was auf meinem Einkaufszettel steht.

Meine Morgenstunde mit Zeitung lesen und einem Kaffee ist beendet. Der Tag kann beginnen, aber wie?
Einkaufen fahren, es fehlt eigentlich nichts so richtig. Kühlschrank inspizieren und überlegen, was für „Notfälle" erforderlich ist. Man kann ja nie wissen! Unverhoffter Besuch?
Es regnet, eine kleine Abwechslung wäre heute nicht verkehrt, das Richtige für einen Bummel durch den Supermarkt.

Gehe alle Möglichkeiten durch: G. mag am liebsten frische Milch in ihren Kaffee, das muss nun nicht gerade sein. Wer weiß, wann sie mich besucht. So lange kann ich das nicht aufheben. Also Milchpulver und Dosenmilch aufschreiben, einen guten Sandkuchen besorgen. Hält sich und ist, verfeinert mit guter Konfitüre, ein leckerer Lückenbüßer.
Nicht vergessen frische Eier und Butter, morgen habe ich einen Frühstücksgast. Die gesunde Margarine kommt sowieso auf den Tisch, an meinen Cholesterinspiegel verschwende ich aber an so einem Morgen trotzdem keinen Gedanken. Das knackige Brötchen schreit nach „guter" Butter!
Das 5 Minuten Ei, warm eingepackt, gehört selbstverständlich dazu. Sonst noch etwas? Konfitüre oder Gelee kommt aus

eigener Produktion auf den Tisch, das ist Ehrensache und auch immer sehr willkommen. Und natürlich eine Karaffe Apfelsaft von meinem Hausbaum ganz frisch geliefert.

Charlotte trinkt gern ein Gläschen Sekt. Soll gut für den Kreislauf sein, also gönne ich mir bei ihrem Besuch auch ein paar Schlucke. Da ich seit langen Jahren kaum noch Alkohol zu mir nehme, haut mich das dann ziemlich um. So werden es beim Einkauf nur ein paar Piccolo für meinen Gast. Ich verkneife mir lieber diese kleine Sünde.

Bekommt mir einfach nicht mehr. Und vergesse ganz schnell alle Eskapaden von früher.

Für das schlechte Gewissen nach einer Kuchensause werde ich mir ein Paket „Knäcke" mitnehmen. Mit Zwieback bin ich im Moment durch! Was müsste noch her? Auf alle Fälle Käse und Lachs. Letzteren natürlich vom Feinsten.

Obwohl mein Mann mir früher wie selbstverständlich das Verwalten seines Geldes überlassen hat, erzog mich das auch zu einem überlegten Umgehen damit. Das war gut so, ich bin früher zu einem Großeinkauf auch etwas weitere Wege mit dem Auto gefahren, wenn sich das Benzingeld rechnete.

Und das teuerste eines Angebotes habe ich nur genommen, wenn es sich lohnte, vom Preis und der Qualität!

Heute? Vergleiche ich natürlich auch noch, aber Geld ausgeben ohne schlechtes Gewissen oder langes Preisvergleichen macht Spaß! Nach dem Motto: „Die Kinder sind aus dem Gröbsten raus, verdienen selber und es muss ja nicht alles in die Erbmasse!" Diese Einstellung kommt im Alter von allein, von der Rente bleibt immer noch ein erkleckliches Sümmchen über zum Verschenken.

Oliven, rund, groß und ohne Stein, verschiedenes Kleingebäck und eine Packung edler Kekse, das muss alles auf meinen Einkaufszettel. Zu schnell vergisst man etwas! Obwohl ich mein Gedächtnis früher trainiert habe: „10 Sachen nicht vergessen, vorher gehst du nicht zur Kasse!"

Klappt schon seit längerer Zeit nicht mehr. Macht nichts, da habe ich einen Grund noch einmal Einkaufen zu fahren.

Knoblauch muss unbedingt mit. Wenn am nächsten Tag keine „Termine" anstehen, schlage ich gewaltig zu. Bei diesem Genuss, ob als milde, weiße Scheiben auf schlichtem Butterbrot oder gehackt ans Essen, – mit geschlossenen Augen versetzt es mich in südliche Gefilde!

Bin dann mal schnell auf Mallorca oder in anderen Urlaubsländern aus vergangenen Reisezeiten. Und deswegen darf diese Knolle in meiner Küche nie fehlen!

Basilikum nicht vergessen, habe den ganzen großen Topf für Pesto verbraucht. Im Sommer setze ich diese kleine Pflanze aus dem Markt sofort in einen mit Erde gefüllten Kübel um.

Der steht auf meiner Terrasse in praller Sonne und bekommt jeden Tag frisches Wasser und ab und an etwas Dünger. Das wird immer ein Prachtbusch und duftet schon beim Vorübergehen. Manchmal nehme ich ein Blatt zwischen die Finger und genieße diesen unvergleichlichen Duft.

Meinen neuesten Versuch habe ich im letzten Winter gestartet. Einen Topf Basilikum habe ich in mein sonnigstes Fenster gestellt und es war immer frisches Kraut vorhanden.

Meine Tochter in Kiel versuchte das auch und hatte großen Erfolg. Also meine Damen, nachmachen!

Zwiebeln sind alle, ohne geht es eigentlich gar nicht. Das ist ja das Schöne in so einem Supermarkt, man wird beinah automatisch zu allem hingeführt. Kaufen ist dann die eigene Entscheidung!

Noch ein Paket schlichte gelbe Servietten, passt immer und sieht nach Sonne aus , wenn es regnet. Meine Tochter hat mir früher diese dreilagigen Teile auseinander gepustet, schwupp's waren es zarte „Japaner!" Machte für einen „Taler" Staat und das Kind war beschäftigt! Wenn auch oft widerstrebend! Und meine Kaffeetafel machte optisch mehr her.

Beim Gang durch den Supermarkt sind Versuchungen rechts und links zur Selbstverständlichkeit geworden. Na gut, manches passt in mein Programm, wenn es dann noch ein Schnäppchen war, herrlich, die Laune steigt. Und die Freude darüber, dass ich genau heute einkaufen wollte!

In der Zeitschriften Ecke muss ich um mehrere stille Leser kurven. Die Männer stehen meist bei den Heften über technische Inhalte, die Frauen studieren die Titelseiten der Magazine und lesen total versunken die neuesten Nachrichten über wichtige Personen der Gesellschaft. Ich bin auf keinen Fall ohne Neugierde und nehme mir dieses Mal das Blatt mit dem schönsten Titelbild. Mal sehen, was Hollywood und Co. zu berichten hat!

Irgendwie ärgere ich mich, dass ich das alles durchlese, es sind ja schließlich alles Menschen „wie du und ich!" Die Neugier hat mal wieder gesiegt. Rausgeschmissenes Geld ist es aber auf keinen Fall, ich habe immer Abnehmer, die sich freuen.

Links im Regal locken ein paar interessante DVD Titel. Lasse lieber die Finger davon, meine Tochter weiß sonst nicht, was sie mir schenken soll. Ich hab ja meine ganzen eigenen Filme noch nicht einmal alle gesehen.

Und der nächste Winter kommt bestimmt mit vielen langweiligen Fernsehabenden.

So, die Klippe ist umschifft!

Jetzt in die Abteilung Genussmittel. Das hatte ich mir nicht notiert, mein Vorrat für eine heiße Schokolade neigt sich dem Ende zu. So schön, dass mir das noch eingefallen ist! Wenn an blöden Tagen nichts gegen aufkommende „Verstimmung" hilft: Eine Schokolade in meiner schönen alten Rosentasse im Sessel an der Heizung und als Begleitung Traummusik,

Herz, was willst du mehr! Dieser Tag ist gerettet. Besonders im Winter.

Zwischendurch habe ich beim Wechsel in die nächste Abteilung den großen Gang entlang geschaut. Eine Kasse ist besetzt, hat aber keine Kunden.

Soll ich da etwa sofort hin? Ich denke nach und ertappe mich bei dieser ewigen Ungeduld, die so Besitz ergreifend ist, wenn man eine Kasse sieht, an der eine gelangweilte Kassiererin auf Kundschaft wartet. Wozu bin ich in den Markt gefahren? Um in Ruhe einzukaufen, was treibt mich also. Ich habe doch so viel Zeit!

Aus einem Nebengang wird mein Name gerufen. Ein lieber, lieber Freund hat mich entdeckt! Wir fallen uns vor Wiedersehensfreude in die Arme und können dann nicht aufhören zu erzählen.

Ein paar Monate ist es nun schon her seit unserem letzten Treffen, da hat sich manch Gesprächsstoff angesammelt. Außerdem macht er mir Komplimente, die ich mit großem Vergnügen zurückgebe. Er hat immer noch die schönsten blauen Augen der Welt! Dieser alte Charmeur, unverbesserlich!

Nebenbei müssen wir unsere Einkaufswagen ein bisschen seitlich parken, wir blockieren sonst den Hauptgang. Und tauschen Kauferfahrungen speziell in diesem Markt aus.

Allein lebende Männer haben den Bogen beim Kochen raus, ob es um die sanft zubereitete Entenbrust geht oder einen soliden Eintopf, den man gut einfrieren kann.
Ich war erstaunt, wie selbstverständlich Männer meiner Generation heute mit dem Leben fertig werden. Ich schreibe gerade eine Geschichte darüber in meinen Computer und lästere ein wenig dabei.
Wir verabschieden uns nach noch mehreren kurzen Begegnungen hier im Warenlabyrinth und treffen uns demnächst beim Italiener. So ein Gespräch ist wie ein Sonnenstrahl an einem Regentag, wir haben das beide genossen! Bis bald, mein Freund!

Beim Schnäppchenmarkt, gleich verlockend am Hauptgang aufgebaut, bleibe ich eine Weile stehen. Das sind noch immer Reizpunkte, obwohl ich nichts, aber auch gar nichts mehr brauche.
Der alte Flohmarktjagdinstinkt!
Hört nie auf!
Und die Erkenntnis gereifter Jahre: das kommt alles immer wieder. Also los und weiter.
Ein kurzer Kontrollblick zur Kasse, zwei Kunden mit Einkaufswagen, die so beladen sind, dass ich zufrieden bin, nicht hinter ihnen zu stehen. Das dauert! Und ich schlendere weiter, Einkaufen macht Spaß!
Vorne beim Bäcker kommt die heftigste Versuchung. Ich schiele auf die Sahnestücke, nein, heute nicht! Es wird ein Hefekuchen, hat nicht so viele Kalorien. Ich bin stolz auf mich und marschiere zur Kasse.

Ein Kunde steht vor mir, na, da habe ich ja Glück gehabt. Denkste! Jetzt kommt das dicke Ende: Die Preisauszeichnung fehlt und die Kassiererin ruft um Hilfe. Das dauert, an den Nebenkassen geht es zügig voran.

Hinter mir macht sich Unruhe breit, die mich nun auch ansteckt. Warum geht es nicht weiter. Das alte Lied, die eigene Ungeduld lässt die Wartezeit viel länger erscheinen.

Ich probiere ein altes Mittel, Augen schließen und an schöne Dinge denken!

Neben mir quengelt ein Kind lautstark und will einen Lolly. Das ist auch eine dieser teuflischen Versuchungen für Mütter mit kleinen Kindern, an der Kasse diese Verlockungen. Da vergisst manche Mutter schon mal, sich in Geduld zu üben.

Dieser Kunde vor mir verlangt noch einmal von allen in der Schlange Rücksichtnahme. Das ist einer von der bedächtigen Sorte. In der linken Hand behält er seine Einkaufstüte fest im Griff und legt mit der rechten Hand und in Ruhe alle Teile schön langsam auf das Band.

Was macht eine flotte Hausfrau? Hängt den Beutel an den Wagen und greift mit beiden Händen zu. Man möchte beinah helfen, so nervös macht das Zugucken.

Und zu allem Überfluss kommt jetzt der Clou! Die Kassiererin teilt mit, dass nun auch Kasse 8 geöffnet hat.

Die Kunden ohne Wagen haben das große Los gezogen und wetzen los. Wer noch nicht in der Warteschlange eingekeilt ist, manövriert seinen Wagen in Windeseile hinterher und fährt auch schon ungewollt seinem Vordermann an die Hacken.

Ein kleiner Schups von hinten, ich bin dran.

Und schenke der Dame an der Kasse ein nettes Lächeln. Und bekomme eins zurück!

„Das Lächeln, das du aussendest, kehrt zu dir zurück."

Nun bezahle ich auch nicht mit meinem Kleingeld, das die Geldbörse belastet, nein, ich lege einen Schein hin, damit das Abrechnen schneller geht.

Ob mir das gedankt wird? Diese Kunden, die mit großem Gleichmut die einzelnen Münzen zusammen klauben, manchmal auch wieder aufnehmen, den ganzen „Verkehr" aufhalten, denken die überhaupt nicht nach? So ein dickes Fell hat mir mein ganzes Leben gefehlt!

Mein Einkauf ist beendet, ich bin zufrieden und marschiere zu meinem Auto, ab nach Haus.
Morgen habe ich eine Einladung zum Kaffeeklatsch und werde meine Damen mal fragen, was sie so an der Kasse erlebt haben.

Ich denke, da kommt allerhand zusammen.

Nach der zweiten Tasse Kaffee und einem großem Tortenstück sprudeln die Erlebnisse nur so. Mein Gegenüber am Tisch kauft nur einmal in bestimmten Abständen ein, aber dann gewaltig.

Oft passiert es ihr dann, dass ein Kunde mit nur wenigen Teilen bittet, vorgelassen zu werden. Der überquellende Einkaufswagen vor ihm schockt. Sie ist eigentlich immer großzügig, wenn der Fragende bar zahlt, das fragt sie vorher. Mit Karte muss er warten!

Meiner Tischnachbarin ist die Galle übergelaufen, als die wenig sensible Kassiererin ihr helfen wollte und alle schweren Teile auf die sorgfältig in der äußersten Ecke deponierten Tomaten schmiss.

Meine Geschichte ist bestimmt noch nicht zu Ende. Lasse beim nächsten Gespräch darüber auch mal Männer zu Wort kommen. Gestern hatte ich so ein kleines Erlebnis an der Kasse, muss ich einfach erzählen.

Vor mir eine ältere Frau, die ihren minimalen Einkauf mit ihrer Scheckkarte bezahlen wollte. Dreimal ging der Versuch daneben, ihre Pin-Nummer einzutippen.

Die Kassiererin wurde langsam ungeduldig, der Kunde hinter mir scharrte schon ungeduldig mit den Füßen.

Die Kundin hatte immer verkehrt getippt, nun sollte sie, bitte schön, ihren Einkauf bar bezahlen. Das ging nun aber gar nicht, sie hatte kein Geld bei sich. Und wurde höflich gebeten, die Waren wieder auszupacken.

Das Malheur? Der Enkel hatte schon in die Eistüte gebissen....

Vom Nebentisch erlöste uns die freundliche Kassiererin und rief uns rüber. Wie das alles ausgegangen ist, weiß ich nicht ... die völlig verwirrte ältere Kundin verließ später den Laden.

Sie hat mir schon sehr leid getan, vergessen wir nicht auch einmal wichtige Nummern? Zum Beispiel die eigene Telefonnummer. Mir schon passiert!

Die manchmal überhöfliche Bedienung im kleinen Laden um die Ecke nervt.

Meist ist nicht so viel los, jeder Kunde wird begrüßt. Es ist bestimmt schwer, an anderer Leute Geld zu kommen. Ich habe totales Verständnis, wenn es mir nur nicht zu persönlich wird.

Eine Aushilfe bediente mich, meinen Einkaufskorb deponierte ich zu meinen Füßen und wollte mich nun in der Zeitungsecke umsehen. Sie wollte mir bei allem behilflich sein, waren es meine weißen Haare? Es fehlte nur noch, dass sie mich mit Omchen angesprochen hätte! Da merkt man so sehr, wie alt man ist! Und, ein bisschen ungerecht, wütend wird! So höflich ich erzogen bin, da wäre ich deutlich geworden.

Dieses joviale Getue kann ich nicht ertragen. Es ist schon hart, alt zu sein, nur so deutlich will das keiner bemerken!

Eine Autoreise mit Matthias in die Vergangenheit.

Eine lange geplante Fahrt sollte nun endlich losgehen. Und zwar nach Lieblingshof, einem kleinen Dorf mit einem großen Rittergut in der Nähe von Rostock.

Matthias hatte mir das vor langer Zeit vorgeschlagen. Ich war begeistert von dem Plan, da ich dort ein Jahr zu meiner gewünschten Berufsausbildung als Guts Sekretärin oder landwirtschaftliche Lehrerin auf dem Lehrgut Lieblingshof ausgebildet wurde. Es hat mich schon sehr gereizt, alles einmal wieder zu sehen. Am 23. 1o. 1997 sind wir frühmorgens gestartet. Über Salzwedel und mit mehreren kleinen Pausen, haben wir erste Station in Plau am See gemacht, um dort in einem der wunderschönen Hotels eine Nacht zu verbringen Das war auch unser Ziel für heute.

Es war ein sonniger Tag, der See präsentierte sich von seiner schönsten Seite. Und das Hotel, in dem wir übernachten wollten, war frisch renoviert. Eine pompöse Auffahrt und eine beinah herrschaftliche Treppe führte in die Empfangshalle. Wir waren sehr beeindruckt vom Flair dieses alten Hauses. Unsere Zimmer lagen mit Blick zum See.

Zu dieser Jahreszeit war das Hotel ziemlich leer, so hatten wir einen fabelhaften Service. Die Inhaberin Cindy Kufahl bediente uns persönlich. Den Namen der Dame muss ich einfach erwähnen, weil Matthias den irgendwie exotisch fand und sich über den für uns ungewöhnlichen Namen heimlich amüsierte.

Nach der Wende ist hier überall unglaublich investiert worden, alles vom Feinsten. Da können sich unsere Westhotels verstecken!

Am nächsten Morgen, nach einem guten Frühstück, sind wir weitergefahren und endlich über beinahe menschenleere Landstriche In Lieblingshof gelandet.

Meine Enttäuschung war grenzenlos! Von vergangener Gutsherrnpracht war nur das früher so stattliche Herrenhaus erhalten. Es war jetzt zu einem Altersheim umfunktioniert. Die Leiterin führte uns durch's Haus, nachdem ich mich vorgestellt hatte. Die elegant geschwungene Freitreppe hat mich noch an früher erinnert, auch die große herrschaftliche Küche.

Hinten am Haus der Ausgang zum Park, mir blieb fast die Spucke weg ... kein Seerosenteich mehr und auch die schönen alten Marmorfiguren waren nicht mehr vorhanden. Der See war zugeschüttet, kleine dreckige Baracken standen herum. Alles war sehr ungepflegt. Ich wollte schnell wieder weg.

Wir sind dann nach Warnemünde gefahren und haben für 2 Nächte im Parkhotel Seeblick, einer traumhaft schönen Jugendstilvilla, eingecheckt. So um 1900 sind all diese herrlichen Häuser gebaut worden, direkt am Meer. Eine feinere Strandpromenade kann ich mir kaum vorstellen. Mit viel Fingerspitzengefühl und bestimmt vielen Millionen ist hier sehr modern renoviert worden. Unsere Zimmer, mit Blick auf die Ostsee, waren mit feinem Hotelkomfort ausgestattet. Wir haben uns ein bisschen erfrischt und ein wenig Shopping in den umliegenden Geschäften gemacht. Wo wir abends hinwollten war klar. In's „Neptun," Honeckers Vorzeigeobjekt!

Irgendwie hatte man das Gefühl, dass uns ehemalige DDR-Bonzen begegnen würden, das lag wohl an der plüschigen Ausstattung des ganzen Hauses, die alten Handläufer an der ausladenden Treppe im Hoteleingangsbereich und auch das ganze Mobiliar, alles wirkte etwas muffig.

Wollte man das nicht ändern? Der „Charme" der damaligen Zeit war tatsächlich überall noch vorhanden.

Sogar oben im Restaurant. Der Ausblick aus diesem obersten Stockwerk war überwältigend! Wasser bis zum Horizont, Schiffe auf großer Fahrt.

Das wird so manche Politiker beeindruckt haben, die sich hier scheinbar oft getroffen haben.

Die Küche war vorzüglich, Matthias und ich haben mit Kaviar und Champagner geschlemmt. Es war ja auch alles ein wenig günstiger als bei uns!

Nach dem Frühstück, am anderen Morgen, haben wir noch einen Strandbummel gemacht und sind dann langsam wieder Richtung Heimat gefahren.

Etwas landeinwärts, diesmal über Rostock, Wismar und Schwerin zurück an die Elbe .

Den Reichtum der Hansestädte konnten wir sogar im langsamen Durchfahren erkennen. Diese prächtigen Bürgerhäuser, Rathäuser und Dome erinnern an den jahrhunderte alten Reichtum der Kaufleute zur Zeit der Hanse.

Noch einen Tag länger hatten wir leider keine Zeit. Wir mussten nach Haus. Und hatten ja noch etwas Wichtiges vor. Spurensuche nach meinen Vorfahren in Neu-Wendischthun an der Elbe.

Die Eltern meines Vaters besaßen dort einen schönen alten Bauernhof. Da ich ein „Vermehrtes Lüneburgisches Kirchen-Gesang –Buch„ aus dem Jahr 1822 besitze, in dem meine Vorfahrin Friederica Leonora Schulzen den Eintritt ihrer Ehe am 2o.ten November bekundete und später dann auch alle Geburts- und Sterbefälle eintrug bis zum 2o.ten März 1861,hoffte ich auf Auskünfte im Dorf.

Ein vergilbtes Foto zeigt die Familie unter mächtigen Eichen vor dem Hof. Nichts war mehr vorhanden.

Leute, die uns etwas erzählen könnten, haben wir nicht getroffen.

Auf dem kleinen Friedhof keine alten Grabsteine. Von einer Spaziergängerin haben wir dann erfahren, dass die Suche zwecklos wäre, da ja die Amerikaner zum Ende des Krieges über die Elbe geschossen und alles in Schutt und Asche gelegt hätten.

Diese ganze Reise war irgendwie unerfreulich.

Eine Kaffeepause haben wir in Bleckede eingelegt. Wir haben an der Elbe gesessen und erkannt, dass wir nicht viel erreicht hatten

Das Nachforschen beim dortigen Standesamt wollten wir nun auf einen späteren Zeitpunkt verschieben.

Mit der Fähre konnten wir über die Elbe setzen, wie oft hat mein Vater das wohl machen müssen. In Bleckede hat er die ersten Schuljahre verbracht bis sein Vater, der Eisenbahnlademeister war, nach Celle gegangen ist und für seine Familie ein Haus in der Bahnhofstrasse erworben hat. Da ging er dann aufs Gymnasium.

In Hitzacker haben wir noch einmal eine kleine Pause eingelegt, dann das Übliche auf unserer bekannten Autostrecke: In Melbeck gegessen und später in Grünhagen frische Forellen und Aal gekauft.

Das war's also. In diesen Tagen haben wir schon sehr eindrucksvolle Erlebnisse und Erkenntnisse bekommen.

Nur schade, dass wir keine wichtigen Spuren nach meinen Vorfahren an der Elbe gefunden haben. Es lebt keiner mehr, den ich fragen könnte.

Ich werde trotzdem noch einmal in aller Ruhe diese Reise in die Vergangenheit rekapitulieren und alte Fotos studieren, vielleicht finde ich doch noch etwas!

Altweibersommer – Herbstgefühle

Harry Belafonte singt mir mit seiner sanften kehligen Stimme die Melancholie dieser Erinnerungen ins Gedächtnis.
„Try to remember the kind of September".
Meine Gedanken fangen an zu wandern:
„and if you remember"...
Und erreichen die letzten grauen Zellen. Ich kann immer noch über Liebe und Gefühle schreiben, das Leben macht soviel Spaß! Wenn „Fische" sich freischwimmen, sind sie schwer zu halten.

Sehnsucht nach Vergangenem, an unglaublich schöne Tage im Leben, da mischt sich ein bisschen Traurigkeit hinein, das Herz tut weh! Das sind diese ungeliebten empfindlichen Tage, wo alles nervt. Gründe, sich auf den Herbst zu freuen, gibt es trotzdem genug.

An sonnigen Herbsttagen eine Radtour machen, ganz allein rings um Gifhorn. Kastanien und Eicheln aufsammeln, diese kleinen Talismane für die Manteltasche, die sich beim Berühren so wunderbar als Handschmeichler anbieten und die ersten schön gefärbten Blätter für den Kaffeetisch als Dekoration mitnehmen. In kleinen geschützten Ecken durch raschelnde Laubhaufen laufen, die der Herbstwind dahin geweht hat und die warmen Strahlen der müder werdenden Sonne genießen. Gibt's jetzt Schöneres als einen Herbstspaziergang? Diese Momente der Stille genießen, wenn der Sommer sich verabschiedet.

Einen Kürbis vom Bauernhof kaufen und so eine runde mit Sahne abgeschmeckte Suppe servieren, natürlich heiß im ausgehöhlten Kürbis, ein Gedicht. Die Kerne haben wir für den Winter aufgehoben, Futter für unsere Vögel. Und am Wegrand Johanniskraut pflücken, eine Bekannte ist dankbare Abnehmerin. Sie hat ihre Schwierigkeiten mit den wieder kürzer werdenden Tagen und der frühen Dunkelheit.

Ihr Rezept gegen den Herbstblues: zwei Teelöffel Kraut mit einer Tasse Wasser überbrühen und mindestens 5 Minuten ziehen lassen. So ungefähr drei bis vier Tassen am Tag trinken.

Die Kräfte der Natur nutzen. Und abends ruhig schon einmal eine Kerze anzünden, sich in bequeme Wohlfühlklamotten kuscheln und darüber nachdenken, was die vergangenen Monate Schönes gebracht haben. Das ist ja noch lange nicht der Beginn eines „Winterschlafs". Einkehr bei sich selbst!

Aber noch ist die blühende, goldene Zeit, noch sind die Tage der Rosen,

Und am nächsten Tag wieder Sonnenstrahlen einfangen, Lichtmangel ist der Auslöser trüber Gedanken, wieder neue Kraft im Garten tanken und dem Fallen erster bunter Blätter zuschauen, die so leise durch die Luft nach unten segeln. Es sind ja nur ein paar Monate bis zum Frühling, mit dieser Erkenntnis erträgt sich manches Mistwetter leichter.

Nach einem Herbstschauer den Regenbogen bewundern und geheime Wünsche zur Sonne schicken. Die dicken schwarzen Unheil verkündenden Wolkentürme sind verschwunden und diese letzte Stunde vor dem Abend genießen.

Die späte Rose am Strauch lassen oder sie zu einer Einladung „vom Herzen reißen"! Oder? Nein, die hole ich mir selber in die Vase. Am Hortensienbusch hängen jetzt die ausgereiften schweren Blütendolden, die sich getrocknet wunderbar verschenken lassen.

Meine Nachbarin erzählte mir, dass auf den Bauernhöfen ihrer friesischen Heimat viele überlieferte Weisheiten bezüglich der Gesundheit noch in ihrer Kindheit angewendet wurden.

Bei Zahnschmerzen bekamen die Kinder eine Mohnkapsel zum Draufrumkauen in den Mund geschoben.
Es gab feste Gewohnheiten mit dem Mond zu leben.
Diese starken verborgenen Kräfte bestimmten den Lebensrythmus von Mensch und Tier.
Der Septembermonat war besonders interessant, er hieß früher nicht umsonst „Erntemond"!
Das Licht des Vollmonds war am Beginn des Abends oft so hell, dass die Bauern die Ernte noch spät einholen konnten.
Diese große runde Kugel über der Heide hatte was Mystisches! Zum Erschauern und Fürchten schön! Da wäre ich bestimmt nicht allein unterwegs gewesen. Annette von Droste Hülshoff mit ihren schwermütigen Gedichten oder „Der Erlkönig", Geschichten vom Moor ... alles ging mir durch den Kopf bei diesen Radfahrten im Herbst.

Altsommerfäden über der blühenden Heide, an die Fahrten nach Winkel und die Gedichte und vertonten Lieder von Hermann Löns im Kopf, das blieb für alle Zeit haften. Für mich sind Gedichte immer mehr als Prosa gewesen, sie treffen meine Seele!
„Rosemarie, sieben Jahre mein Herz nach Dir schrie" ich war jung und habe furchtbar gelitten. Und gesungen! Das erwischt mich auch heute noch in passenden Momenten. Schäme mich überhaupt nicht dafür und lebe das voll aus. Danach geht's mir immer besonders gut! Johanniskraut brauche ich nicht.

Auf dem Rückweg am Aller-Kanal entlang wehten mir manchmal die langen Girlanden des Waldgeißblatt ins Gesicht. Das sind so meine ersten Erinnerungen an den Altweibersommer. Und an die Pilzsuche in den Wäldern meiner Heimat. Diese wunderbare Herbststimmung, dem Wind lauschen, der leise durch die Bäume weht, aller Alltagsstress ist so weit weg. Den Duft von Walderde, feuchtem Moos und zertretenen trockenen Zweigen habe ich in der Nase, wenn ich daran denke. Dieses Glück, einen samtig braunen Steinpilz zu finden, war unbeschreiblich! Auf dem weichen Waldboden zu wandern und den manchmal moderigen Geruch im Wald einzuatmen. Der Eichelhäher ist oben in den Eichen aktiv und sammelt und verbuddelt Eicheln als Vorrat für den Winter. Und was für ein Leben spielt sich unter meinen Schritten ab? Eine Maus läuft mir vor die Füße, hier in der freien Natur erschreckt mich nichts, es ist alles so selbstverständlich.

„Wie sanft den Wald die Lüfte streicheln,
sein welkes Laub ihm abzuschmeicheln"

Am Waldrand, weitab von Autoabgasen, leuchteten die prallen violett- schwarzen Früchte des Holunderstrauchs. Das war ein „Muss" sie zu pflücken, als Heilmittel gegen Erkältungen. Früher hieß es, dass ein Holunderbusch im Garten die Hausapotheke ersetzen könne.

Ein Bauerngarten ohne Holunderbusch, den gab es nicht. Meist an der Stallwand gepflanzt sollte er gegen Blitzeinschlag und böse Geister schützen.

Unsere Hausgärten sind meist viel zu klein für so einen Holunderstrauch. Schade, sehr schade!

Die reifen Früchte mit einer Gabel von den Stielen gestreift, entsaftet und heiß in Flaschen gefüllt, hat es mancher Schniefnase schnell wieder auf die Beine geholfen. Schön gesüßt mochten es auch meine Kinder. Aus den Blüten im Frühsommer, in Bierteig ausgebacken, bekam ich für meine Frühstücksgäste einen wunderbaren Nachtisch. Diese "Hollerküchlein" waren der absolute Hit. Passend dazu gab es den angesetzten Holundersekt.

Der knallte mir so oft aus der Flasche, dass ich Holunderblütensirup gemacht und diesen mit Sekt aufgefüllt habe. Da war ich auf der sicheren Seite! Zumal dieser Sirup, im Winter mit kochendem Wasser aufgegossen, einen wunderbar wärmenden Grog abgab.

„Holunderblütensirup"
Zutaten: etwa 20 Holunderblütendolden, x unbehandelte Zitronen, 1 kg Zucker, 50 g Zitronensäure, 1 L Wasser.

Heiß abgespülte in Scheiben geschnittene Zitronen in ein Porzellangefäß legen, die sauberen Holunderblüten von den Stielen zupfen und dazu legen. Zucker, Zitronensäure und kochendes Wasser zufügen, umrühren und an einem kühlen Ort 2-3 Tage ziehen lassen, öfter umrühren. Dann absieben, in Flaschen füllen oder einfrieren. Für das Getränk pro Glas 2-3 Teelöffel Sirup verwenden.

Wie der Holunder blüht,
Rebe auch und Lieb` erglüht.
Blühen beid' im Vollmondschein,
gibt's viel Glück und guten Wein!

Ich gehe durch meinen verregneten Garten, es ist irgendwie nicht mehr so richtig Sommer und auch noch nicht Herbst. Das Geißblatt, das sich in diesem Sommer gewaltig ausgebreitet hat, ist über und über mit Spinnweben bedeckt. Wie kleine glitzernde Kristalle hängen die Regentropfen darin, die ersten schüchternen Sonnenstrahlen brechen durch die dicke Wolkendecke und lassen sie funkeln und blitzen. Das ist eine unerhört intensive Spätsommerstimmung! Das Herbstgewitter hat einen Regenbogen an den Himmel gezaubert, so hoch und so weit weg!

Eine wilde Brombeerranke ist in meinem 2 Meter hohen Buchsbaum gerankt und beschert mir viele süße Früchte und so allerhand Kratzer an meiner Hand.

Der Natur in Maßen Raum lassen, das habe ich schon ein paar Sommer ausprobiert und bin überrascht über die Geschenke, die sie mir gemacht hat.

So lasse ich meiner englischen Rose auch die Hagebutten, sie blüht so reich jedes Jahr, dass diese schönen Herbstfrüchte keine Kraftverschwendung für sie sind! Ihre Rosenblätter habe ich auf einen goldenen Faden gefädelt und sie im Zimmer dekoriert, sie strömen immer noch einen betörenden Duft aus. Und im Keller warten Rosengelee und Likör auf lange Wintertage.

Dieser September ist irgendwie golden und voller Fülle. Die Sonnenstrahlen, die durch das Blätterdach fallen, sehen aus wie Goldstaub. Lampionkapseln am Zaun leuchten von weitem, in die große Glasbodenvase werde ich sie dekorieren. Im Winter findet sich garantiert ein Bastelfreund mit „hungrigen" Augen. Malven und Sonnenblumen nicken über Nachbars Zaun, bei mir wollten sie einfach nicht wachsen. So freue ich mich über das Blühen dieser wahrhaft stolzen imponierend großen „Dame" der Stockrose, die freundlich über den Zaun winkt.

Nun wird es auch langsam lebendiger in den Bäumen, die Vögel kehren allmählich von den Stoppelfeldern wieder in die Gärten zurück und haben aus den Sonnenblumen schon emsig die Samen herausgepickt. In diesem ausklingenden Sommertraum leuchten alle Gartenfrüchte in der müder werdenden Sonne noch einmal intensiv. Und ich genieße die letzten Geschenke des Altweibersommers. Melancholie erfasst mich, die ersten Bodenfröste könnten in einer Nacht alles dahinraffen.

„Wie blüht doch im Septembergold der Sommer noch so warm und hold. Gewiss, es ist sein letztes Glüh'n, im Morgen schon die Nebel zieh'n."

Ein riesiger rotbackiger Gravensteiner leuchtet ganz oben im Baum, den hätte ich so gerne unversehrt in der Hand. Seine nach unten gefallenen Brüder hatten allesamt braune Stellen und dicke Risse in der Schale. Das soll ihm nicht passieren! Wie lange hält es ihn noch da oben? Voller Spannung nehme ich jeden Morgen meine Kaffeetasse und besuche meinen Apfelbaum. Hängt er noch da oben, das Ziel meiner Sehnsucht? Meinen Apfelpflücker gibt es nicht mehr im Keller, so habe ich in geschätzter Fallrichtung einen Korb darunter angebracht. Zu Apfelkuchen oder Mus wird er nicht verarbeitet. Dieses vollendete Prachtstück da oben in den Zweigen ist eine Augenweide und darf leben. Leider ist er nicht lagerfähig, sein kurzes Leben mit dem herrlichen Aroma ist Verführung pur. Die goldene Septembersonne streichelt ihn liebevoll und ich freue mich. Zwei Wochen geht das nun schon so, er gibt noch nicht auf, ich auch nicht. Einen Blick von da oben auf den Teich, den sich langsam verfärbenden Hortensienbusch und das wilde Gewucher am Kompost möchte ich eigentlich auch mal von da oben erleben.

Meinen Frosch hat bestimmt Nachbars Kater gefangen, von einem Tag auf den anderen war er einfach weg. Schon traurig, es war aber vorher zu sehen. Dieser „Dummbeutel "saß immer auf den Steinen am Rand, ich hätte ihn auch mit der bloßen Hand fangen können.

Es wird Herbst, meine Seerose zieht langsam ihre Blätter ein und nun sehe ich, was meine Goldfische den ganzen Sommer über getan haben, sie haben sich vermehrt. Ich füttere seit Jahren nicht mehr und so sind alle meine Teichbewohner immer gut durch das Jahr gekommen, nicht zu fett und quicklebendig. Und verstecken sich im Winter in 1 Meter Wassertiefe. Im Frühjahr besorgen dann Nachbars Katzen natürliche Auslese. Am Teichrand entdecke ich viele kleine Seerosen-Ableger, dieses kleine Biotop ist gesund. Das erkenne ich an den Schnecken, der Teich ist voll davon.

In diesem nassen Sommer habe ich meinen Garten ziemlich vernachlässigt und bin trotzdem belohnt worden. Wild wuchernde Kapuzinerkresse in knalligen Orangetönen hat meinen Kompost erobert und daneben wachsen Lampionblumen und Johanniskraut in trauter Eintracht. Meine weiße Hortensie hat sich intensiv verfärbt und Ringelblumen haben sich breit gemacht ... ein arkadisches Bild!

Die Früchte der Kapuzinerkresse habe ich immer geerntet, in Essigwasser eingelegt waren sie herrlicher Ersatz für die echten Kapern.

Altweibersommer!

Winzige Mücken, diese kleinen Gnitten, tanzen in der Luft und lassen vergessen, dass der Herbst kommt. Dieses stille Glück im eigenen Garten verdrängt die Gedanken an ungeliebte endlos lange Wintertage. Alle Dinge um mich herum sind wichtig und machen mir klar, wie schön das Leben ist: Die Sonne auf meiner Haut, der Wind in den Bäumen, die wandernden Wolken am Himmel und nachts der Sternenhimmel, wenn ich nicht schlafen kann. Noch nie habe ich in diesen Augustnächten Sternschnuppen gesehen. Trotz langem Wartens!

Eine Spinnwebe hat sich in meinem Haar verfangen, es stört mich nicht mehr so sehr. Ist sie überhaupt noch da, meine Spinne? Geißblatt umwuchert meinen kleinen Sitzplatz am Gartenteich... nichts weiter tun als still dasitzen, Tagträumen nachhängen und die jetzt doch schon milden Sonnenstrahlen genießen. Wie soll ich mein Paradies beschreiben?

Meine Kletterrose „New Dawn" hat noch einmal alle Kraft gesammelt und viele duftende Blüten hervorgebracht. Einen großen Strauß werde ich mir schneiden und diese zarten Knospen in eine Vase stellen, der endlose Regen schadet ihnen nur. Diese Blütenschönheiten müssen auch vom Sommer Abschied nehmen.

„ Try to remember when life was so tender"!
Dieser Sommerausklang ist nicht ganz ungefährlich, er verführt zu melancholischen Erinnerungen. Ich würde gerne noch einmal mit den Kindern draußen auf dem abgeernteten Feld Kartoffeln in der Glut garen lassen, oder die wilden duftenden Quittenfrüchte an den dornigen Hecken pflücken. Nach Schlehen habe ich schon Ausschau gehalten, sie haben sehr viele Früchte gebildet. Wenn sie reif sind und der Frost auf sich warten lässt, ernte ich sie trotzdem schon. Eine Nacht damit in die Tiefkühltruhe und schon ist das Problem gelöst. Nun kann der Likör angesetzt werden. Das gehört aber nicht zum Altweibersommer. Noch viel zu früh, darüber nachzudenken.

Ich betrachte meinen Apfelbaum und stelle mir vor, wie fest er mit seinen Wurzeln in der Erde steht. Als kleines Bäumchen ist er von den Kindern gerüttelt worden, die Katzen haben an ihm gekratzt und harte Winter und heiße Sommer haben ihn groß und stark werden lassen. Manches Unwetter musste er ertragen und nun in der erreichten Größe seines Lebens schenkt er mir nur Glück und Freude.

Wenn ich das in meinem Leben auch alles erreichen würde, wäre ich zufrieden!

Die Mauersegler, die jeden Abend in wilden Schwärmen Insekten in der Luft jagten, sind nicht mehr da, nur die Krähen auf dem Dach hört man.Die Tage werden deutlich kürzer, jeder vergangene ist ein kleiner Abschied vom Jahr, mich fröstelt etwas bei dem Gedanken daran.

Mein Altweibersommer, mit weißem Haar und vielen Erinnerungen! Einen Ausflug in die Heide muss ich machen, noch dieses Jahr. Mit Theodor Storm:

„Herbst ist gekommen, Frühling ist weit-
Gab es denn einmal selige Zeit?
Wär' ich hier nur nicht gegangen im Mai!
Leben und Liebe- wie flog es vorbei!"

Jetzt habe ich endlich erfahren, wo der Begriff Altweibersommer herkommt. Die Meteorologen bezeichnen damit eine längere Schönwetterperiode im September, die sich oft bis in den Oktober fortsetzt („Goldener Oktober"). Der Name Altweibersommer wurde ursprünglich vom Altdeutschen „weiben" abgeleitet, womit das Knüpfen von Spinnfäden gemeint ist. Wenn auf sonnige Tage kühle Nächte folgen bildet sich Tau und lässt am Morgen die Spinnweben in der Sonne glitzern. Man spricht auch von der fünften Jahreszeit; die heißen Tage des Sommers sind vorbei, aber der Herbst hat noch nicht richtig Einzug gehalten, die Luft ist manchmal noch wie Samt und Seide... trotzdem wird mir etwas wehmütig ums Herz, meine liebste Jahreszeit ist es nicht. Zu viele Erinnerungen beuteln!

Ein Brief für dich, Thias, mein Sohn!
April 2006

Vor 49 Jahren bist Du im Gifhorner Kreiskrankenhaus an einem schönen, heißen Pfingstmontag zur Welt gekommen. Ich denke intensiv an Dich! Hänge am Tropf, meine leidige Darmentzündung hat mich als Notfall hierher verschlagen. Ich kann vom Bett aus in den Laubberg schauen, das erste zarte Grün lässt den Winter vergessen. Mit viel Glück und meiner guten Krankenversicherung habe ich ein Einzelzimmer bekommen, die Untersuchungen sind nun alle abgeschlossen.

Essen darf ich nichts, auch ohne meinen geliebten Kaffee muss ich auskommen. Meine Gedanken beschäftigen sich sehr mit Dir. Vor einigen Wochen habe ich schon einmal versucht, Dir einen Brief zu schreiben, es tat einfach zu weh! Hier, auf anderem Terrain, fällt es mir leichter.

Ich habe Dir schon sehr früh erzählt, dass damals, am Morgen nach Deiner Geburt, ein Pirol von Baum zu Baum flog. Dieser schöne, leuchtend gelbe Vogel, im Volksmund Pfingstvogel genannt, in der frühen Morgensonne, das habe ich nie vergessen!

Irgendwie war das ein Symbol dafür, das Du bestimmt etwas Besonderes bist! Wann sieht man hier in unseren Breitengraden so einen seltenen Vogel. Einmal noch habe ich ihn während meines Kuraufenthaltes in Bad Kreuznach gesehen.

Den Eisvogel wolltest Du mir auch immer zeigen, wir haben deswegen viele schöne Ausflüge an heimliche Bäche gemacht. Du wusstest ja überall Bescheid und konntest mir so viel erzählen über Wald, Wiesen, Moore und geschützte Tierarten. Das war Dein Leben! Ich fand das alles genauso aufregend und spannend wie Du.

Oft haben wir vor und nach unseren Spaziergängen im Lönskrug gesessen, einem schönen, alten Krug dicht am Wald. Im

Sommer luden gedeckte Kaffeetische und früher auch noch die schon antiken Biergartenstühle zum Verweilen ein. Draußen, unter Birken und mit einem herrlichen Weitblick zum Wald, gab es manchmal noch warmen Apfelkuchen und einen ausgezeichneten Kaffee. Und hinten am Waldrand stand oft ein Sprung Rehe. Bei einer abendlichen Einkehr hatten wir dann unser Vergnügen mit den Bieruntersetzern. Unser Wirt hatte den Tick, die in einer Halterung befindlichen runden Teile so im Vorübergehen mit einem schnellen Handgriff zu ordnen und in eine Richtung zu bringen. Wenn er die Bestellung aufgenommen hatte, kam unser kleines Vergnügen. Alles, marsch zurück zur anderen Seite.

Wieselflink ging dann das Spiel von neuem los. Ordnen!

Das war unser Spaß, ich glaube, er hat das nie gemerkt.

Den Eisvogel habe ich nie gesehen, leider. Ich hab ihn mir später einfach einmal gezeichnet und dabei an Dich gedacht.

Die Enttäuschung war immer groß. Bei mir auch, aber nur weil ich merkte, dass Du mir eine Freude machen wolltest und das nicht funktionierte. Einen hervorstechenden Charakterzug hattest Du. Anderen ganz selbstlos Gutes zu tun!

Hier im Reihenhaus in der Elbinger Strasse bist Du groß geworden. Ein süßer kleiner Junge mit blonden Ringellöckchen und einem immer fröhlichen Gesicht.

Meine alte Nachbarin rief mir bei Deinen ersten Gehversuchen im Garten zu: „Der wird bestimmt nicht alt!" Ich hab sie dafür gehasst und das als Hexengesabbel abgetan.

Aber wenn ich heute darüber nachdenke, komme ich zu einem ganz anderen Schluss. Dein Leben war von vornherein auf 45 Jahre bestimmt. Alles hast Du in diese Jahre hineingelegt! Mehr sollte und konnte es wohl nicht sein! Gibt es Weissagungen?

Ich blättere im Fotoalbum. Dieses herzerweichende Bild eines kleinen Jungen auf einem Kinderstühlchen unter dem Küchenfenster. Einen Strohhut auf dem Kopf. Deinen rechten Zeigefinger hältst Du in die Höhe, er ist mit einem dicken Verband umwickelt. Beim Spielen auf der Elbinger Strasse hat ein Nachbarjunge den Gullydeckel fallen lassen, die Fingerkuppe war ab.

Zum täglichen Baden der Hand sind wir jeden Tag um die Ecke zu Dr. Sch. gegangen. Da ein kleiner Hautfetzen alles zusammen hielt, wagte unser Doktor es, den Finger mitsamt dem Verband zu baden. Die Kuppe wuchs wieder an!

Nun konntest Du aber nie mehr einen Beruf ergreifen, der Fingerfertigkeit und Feingefühl erfordert.

Dann die herrlich schönen Kinderspiele bei uns im Garten. Die große Sandkiste war Euer Revier für erste kleine Schlachten und Indianerkämpfe, die Fantasie ging oft genug lautstark mit Euch durch. Die Erinnerungen an früher lassen die Sommer schöner, heißer und länger sein.

Der Zwetschgenbaum in der Mitte spendete angenehmen Schatten, später viele Läuse und im Herbst herrlich süße Früchte. Pünktlich zum Geburtstag Deines Bruders am 24. Mai wurde jedes Jahr die Brut im Meisenkasten flügge. Wir konnten beinah die Uhr danach stellen. Und unser Apfelbäumchen spendierte uns im Herbst die ersten guten „Gravensteiner".

Ein „Tipi", ein echtes Indianerzelt musste es nun sein, ich habe Euch eins genäht, denn Deine Freunde kamen gern, es gab für die müden „Krieger" ja Butterbrote und Limonade.

Schöne, unschuldige Kinderzeit! Von Schule war noch lange keine Rede.

In der großen Zinkwanne an der Terrasse konntet Ihr herrlich plantschen, die dreckigen Füße wurden gleich draußen in Persilwasser eingeweicht.

Christine übte nebenan mit wildem Gestampfe am Haus entlang einen Ritt mit Fury über die Prärie. Aufregende Sommertage!

Abends wurde dann gegrillt. Mit großer Hingabe waltete Dein Vater seines Amtes.

Vorher wurden auf dem Rasen noch turnerische Höchstleistungen abverlangt, Dein Vater machte alles vor.

Gut, dass wir so viel fotografiert haben! Das alles hilft mir sehr, in die Vergangenheit zurück zu kehren. Diese Erinnerungen schreibe ich ja ausschließlich für mich. Mein Bedürfnis, nach Deinem Tod Dir nahe zu sein und nicht weinen zu müssen, ist sehr groß! Vieles geht einfach noch nicht so recht aus der Feder. Du warst eigentlich ein immer fröhliches Kind. Verändert hast Du Dich bei Deinem Wechsel zum Gymnasium. Aber dazu später! Die Indianerspiele im nahen Wald. Arpad, Dein großer Bruder und Deine Freunde waren oft lange Nachmittage unterwegs, um Staudämme am nahen Aller- Kanal zu bauen oder kleine, sportliche Wettkämpfe abzuhalten.

Besonders schön war es für eine manchmal überforderte Mutter, dass Eure Geburtstage in den Sommer fielen. Garten, Strasse und Wald waren Eure Spielplätze. Meine Nerven wurden geschont und zum Abendbrot kamt ihr hungrig und zufrieden wieder an.

Ein Malheur werde ich mir nie verzeihen, ich habe Dir zu schnell eine Brauseflasche gegeben und zack war ein Teil Deines Schneidezahns dahin.

Krocket auf dem Rasen war für alle eine Herausforderung. Dein großer Bruder hat alle ausgetrickst! Es wurde gemogelt und von allen mit großem Geschrei begleitet.

Und jedes Jahr zum Schützenfest bin ich mit Euch in die Stadt gefahren und zum Schützenplatz, wo es herrlich saftigen Eierkuchen von Richard Meinecke gab. Das war für mich ein Tribut an meine Kindheit, es gehörte so wie früher einfach alles dazu, obwohl ich nun in der Südstadt wohnte. Das Kribbeln blieb!

Man traf gute Freunde, die Kinder hatten ihr Karussellvergnügen. Und Euer Vater schoss 2 Hauptpreise – Sascha, den riesengroßen Plüschlöwen und einen Lederfußball! Müde und zufrieden ging es nach Haus und bald ins Bett.

Unseren Zoobesuch in Hannover werde ich nicht so schnell vergessen. Arpad und Du mit Oma Marie ... ein Starfoto! Und dann ging plötzlich das Pony mit Deinem Bruder durch. Das war ein gewaltiger Schreck und schnell ein erleichtertes Aufatmen, unversehrt tauchten „Beide" wieder auf. Anschließend gab es noch eine friedliche Runde für Euch. Oma war stolz wie „Bolle"! Schöne Fotos haben wir von Euch gemacht.

Paddeltouren auf dem Heidesee waren immer ein besonderes Vergnügen für die ganze Familie. Das Wollgras blühte, die vielen Enten auf dem See und das frische Grün der Birken ... Frühling in der Seele! Alles war so friedlich!

Die Ausflüge an der Ise entlang zum Jägerhof waren genau so schön und aufregend. Es gab Kaffee und Kuchen und für Euch Limonade oder Cola.

Im Herbst ging es dann in die Pilze, meist in den schönen Wald bei Westerbeck. Das wurde gleich mit einem Picknick verbunden. Durch das Fernglas habt Ihr Tiere beobachtet, ersten Fechtunterricht mit Eurem Vater und langen Stöcken geprobt. Versucht, auf Eichelhülsen zu pfeifen.

Irgendwann im Oktober wurde auch schon einmal an Weihnachten gedacht! Erste kleine Wünsche wurden heimlich auf Zettel geschrieben. Die blank geputzten Schuhe am Nikolaus Abend vors Bett gestellt und bei Schmuddelwetter die schöne, warme Wohnung genossen. Der Winter konnte kommen.

Oben auf dem Wohnzimmerschrank sammelten sich langsam kleine Päckchen für die Bescherung am Heiligen Abend. Den Namenscode konnte nur Eure Mutter entziffern. Die Spannung wuchs und das Rätsel raten um die Geschenke auch!

Eigentlich war alles immer zu reichlich. Wir waren glücklich, Euch so beschenken zu können. Es war eine Zeit des allgemeinen Wohlstands!

Heilig Abend ging es in die Stadt zum Gottesdienst. Die Kirche war, wie immer, gerammelt voll. Es war schon ein großes Glück, einen guten Platz zu ergattern. Die beiden übergroßen geschmückten Tannenbäume neben dem Altar und die Krippe davor brachten Ruhe und Frieden in die Herzen aller, die den Gottesdienst besuchten. Kleines Kindergequengel gehörte einfach dazu. Danach besuchten wir Oma und Opa Fröhlich in der Hauptstrasse und dann ging es endlich nach Haus zur großen Bescherung, Ihr Kinder musstet oben auf das Bimmeln der Glocke warten. Die Kerzen hatten wir angezündet und dann durftet Ihr runterkommen. Es wurde ein Lied gesungen und ich habe auf einer Trittleiter stehend, die Geschenke vom Schrank verteilt. Mein Code hatte sich bewährt! Ganz zum Schluss haben sich Deine Eltern beschenkt. Die Aufregung legte sich allmählich und nun wurden alle Geschenke begutachtet.

Langsam kehrte ein wenig Ruhe ein und ich habe das Abendbrot hereingetragen. Wir mochten ja alle am liebsten kalte erlesene Speisen. Das war für mich ziemlich bequem, da es gut vorzubereiten war.

Müde und zufrieden seid Ihr dann später ins Bett gefallen und nun begann für Euren Vater und mich die besinnlichste Zeit des Tages mit einem edlen Wein und meist einem guten Buch in unserer gemütlichen Sesselecke. Mit frisch angezündeten Kerzen und Dankbarkeit im Herzen. Mit Mozart oder Beethoven klang dieser besondere Tag aus!

April 2006 ...
   Zwischendurch mache ich jetzt mal eine Pause mit schreiben und in Fotoalben blättern. Es ist Ostersonnabend und endlich scheint die Sonne. Meinen Kaffee habe ich auf meiner Gartenbank am Teich getrunken und mich dabei ertappt, an erste Frühlingstage zu denken, die wir beide immer gemeinsam mit einem Gang durch den Garten begannen.
   Winterlinge und Krokusse sind ja schon längst verblüht, eben sah ich den ersten Zitronenfalter durch die Luft flattern und ein Star sucht im Rasen nach Würmern.
   Jedes Jahr wie immer, nur Du fehlst so sehr! Das wird wohl auch nie aufhören, Du warst ein Teil meiner Seele!
   Zarte Schleierwolken ziehen am Himmel auf, ohne Sonne ist es doch noch sehr ungemütlich.
   Ich werde jetzt zum Friedhof fahren und Dir eine Schale Stiefmütterchen bringen.

Zurück noch einmal in den Winter 61/62. Es lag unendlich viel Schnee und Ihr konntet Euch auf der Terrasse einen Schnee-Iglu bauen. Rodeln konnten wir am Eysselheideweg und mit Euren ersten Skiern habt Ihr auf der Strasse geübt.
   Schwäne auf den Klosterwiesen beobachtet und mit Euren Freunden Fasching hier am großen Tisch gefeiert.
   Und dann das große Familienereignis! Eure Schwester Bettina wurde geboren. Staunend habt Ihr Euch dieses kleine Wunder angeschaut und mochtet sie kaum tragen.
   Am 9. April fing der Ernst des Lebens für Dich an. Mit kurzer Lederhose und einer Riesenschultüte im Arm lachst Du in die Kamera. Herr Lehmann war Dein Lehrer. Arpad besuchte schon das Gymnasium. Ab jetzt gab es keine Ruhe mehr für uns!
   April 1971, ein neuer Hausgenosse ist da, Der große Wunsch Eures Vaters, Rottweiler- Rüde Cäsar. Und der Anbau mit un-

serem Nachbar ging über die Bühne, endlich Frieden! Mit Familie D., unseren Nachbarn, haben wir ein Schwein geschlachtet, das ging in der Elbinger Strasse 24 vonstatten, ein Riesenereignis für alle, nur nicht für unsere liebe Gisela. Sie hatte den ganzen „Schweinkram" im Haus. Und 1972 hatte Arpad sein Abitur in der Tasche, ein ereignisreiches Jahr! Ich bekam meinen VW Weltmeister, ein Klasse Auto. Bin dann manchmal über die Autobahn zu Maya nach Nienburg geflitzt. Was war man jung und beweglich! Alles ging, alles war machbar!

Über die anstrengenden Schuljahre mit Euch will ich nicht schreiben. Das machen schließlich alle Eltern mehr oder weniger durch.

    Das auf und ab in Deinem Leben kostete unheimlich Nerven! Was wolltest Du?

    Ich glaube, dass Du das meist auch nicht gewusst hast!

In einem meiner selbst geklebten Weihnachtsbücher fällt mir beim Durchblättern auf, wie oft Du schriftlich niedergelegte Vorschläge für das Essen an den verschiedenen Festtagen vorgeschlagen hast, da schlug der Genießer voll durch.

    Lange vor den Feiertagen war dieses Planen ein Riesenvergnügen für Euch alle. Ich wurde meist raus gehalten, weil ich zuviel stoppte. Trotzdem sind wir alle zufrieden und ziemlich vollgefr – durch die Weihnachtstage gekommen.

In all den Jahren immer wieder den Flohmarkt in der Stadt mitgemacht. Das war nie Dein Ding, Du konntest nicht handeln. Da hatten Bettina und ich ein besseres Händchen.

    Aber andere Dinge, das war was für Dich!

    Dein Germanenhelm mit den Ochsenhörnern: Ein Foto mit unserem Nachbar Heinrich, mit Pucki auf dem Arm. Stolz führte er den Helm mit kurzer Hose, Badelatschen und bunten Socken vor. Gnadenlos gut, dieses Bild!

Deine selbstgebaute Kanone, ein Riesenvergnügen für Deinen Vater. Er war schon stolz auf Deine handwerklichen Fähigkeiten. Silvester haben wir mit Donnerschuss damit das Neue Jahr begrüßt.

Über die Krankheiten in unserer Familie möchte ich nicht schreiben, nur das eine ... Du wolltest zum Bund, aber Deine schwere Brandverletzung dritten Grades hat das verhindert.

Langsam nahm Deine Krankheit Besitz von Dir.

Dann war Schluss mit Fahren, ein fürchterlicher Einschnitt!

Du hast über Dein Leben nachgedacht und überlegt, was werden soll. Deine Wohnung hast Du mit viel neuem Schwung renoviert und doch wieder Mut gefasst.

Ein anderes Leben sollte beginnen.

Du warst bei Dir selber angekommen ... und musstest gehen!

Ein Teil meiner Seele hast Du mitgenommen!

Ich weiß Dich aber ganz fest an meiner Seite, mein Schutzengel! Den ich schon so oft nötig hatte! 45 Jahre warst Du in meinem Leben, deswegen darf ich auch nicht zu traurig sein!

In unendlicher Liebe
Deine Mutter.

Mit dem 5. Satz aus der Symphonie Nr. 6 von Ludwig van Beethoven haben wir Dich verabschiedet!

Alles war für mich noch einmal da ... unsere schönen Waldspaziergänge, der Gesang der Vögel, das Rauschen des Wassers – eine friedliche Idylle, zum Weinen schön!

Nichts kann ich je vergessen!

Du bist nicht gestorben
Du lebst im wunderbaren Wehen des Windes
Du lebst in den Liedern der Vögel
Du lebst in der strahlenden Sonne
Du lebst auf einem Stern, der am Himmel steht
Du lebst in den Wellen des Meeres
Du lebst im Duft von Blumen und Gras
Du lebst im Schmerz meines Herzens
Du bist nicht tot, nur etwas weiter weg

Eine sehr positive Krankenhausgeschichte

Divertikulitis, was ist das!

Soll man über Krankheiten schreiben? Warum nicht, wenn alles gut endet. Ich habe soviel Gutes erfahren, also werde ich Dir, liebe Freundin, alles in dieser Zeit Erlebte mitteilen. Neugierig bist Du ja doch.

Ich hatte, wie so oft, schöne Urlaubstage in Timmendorf verbracht, die Ostseeluft inhaliert und in meinem Strandkorb manche Stunde gesessen, das Leben um mich herum betrachtet, oder im weichen Sand an der Wasserkante kleine Ausflüge gemacht. Zu mehr hat es diesen Sommer nicht gereicht.

Aber der große Anziehungspunkt waren gegen Abend die eleganten Geschäfte, ein Espresso beim Italiener und verbunden damit ein Bummel über die Strandallee.

Gekauft habe ich oft etwas, mehr oder weniger teuer. Eben so gelebt, wie es als Single angenehm ist. Nichts treibt dich. Haus- und Gartensorgen sind so weit weg, eigentlich habe ich mir immer etwas Unnützes gekauft und selten hinterher bereut.

Auf meinem Balkon, mit Blick auf all die noch spät flanierenden Kurgäste und die rings umher erleuchteten eleganten Hotels intensiv das Flair eines eleganten Seebades genossen.

Die wenigen Schritte zum Strand habe ich oft noch ziemlich spät unternommen. Auf der Seebrücke diese unheimlich schöne Stimmung genossen und in weiter Entfernung die Lichterkette anderer Bäder wie eine Perlenkette am Ostseestrand wahrgenommen.

Matthias wollte mich abholen, war mir auch ganz lieb, das Gepäck hatte sich beinah verdoppelt. Meist kam er einen Tag früher, um noch einen schönen Tag an der Ostsee mit mir zu verleben. Das Abendbrot im eleganten „Maritim" schmeckte mir nicht, ich fühlte mich einfach unbehaglich. Es ging mir immer schlechter.

Spät abends musste ich über die Rezeption den Notarzt holen lassen, entsetzliche Bauchschmerzen plagten mich. Matthias schlief bestimmt schon, ich wollte ihn auch nicht wecken, obwohl ich sofort hier ins Krankenhaus sollte. Mein Wunsch aber war, nach Gifhorn zu gehen. Auf eigene Verantwortung habe ich mir Spritzen geben lassen und hoffte, die Nacht so zu überstehen.

Am anderen Morgen habe ich mich ins Auto gesetzt, trotz der Warnung des Arztes. Die Heimreise nach Gifhorn begann. Mit fürchterlichen Schmerzen ging bald nichts mehr.

Matthias hat den Notarzt gerufen, und ich bin mit Blaulicht ins Krankenhaus nach Geesthacht gekommen. Nach Aussage des Professors mein großes Glück.

Denn nach Gifhorn hätte ich die Fahrt nicht mehr geschafft, der Darm wäre wahrscheinlich geplatzt. So habe ich knapp 2 Wochen in der Klinik verbracht, tagelang am Tropf und dann wurde ich mit vorsichtigem Kostaufbau versorgt.

Mein Sohn hat mich oft besucht. Und dann bin ich mit der Belehrung entlassen worden, dass beim nächsten Schub eine Operation unumgänglich sein würde.

Das war schon ein Warnschuss und ich habe mich mit meiner Ernährung ziemlich darauf eingestellt. Matthias passte akribisch auf, dass ich nichts Verkehrtes aß.

Ein paar Jahre ging alles gut, und nun im letzten Jahr 3 Schübe hintereinander, die außerordentlich schmerzhaft waren.

Meine Ärztin schlug mir vor, mich einem Chirurgen vorzustellen. Diese riskante Sache, immer mit der Angst, dass der Darm platzt, hat mich überzeugt. Durch meine Zusatzversicherung konnte ich mir Arzt und Klinik aussuchen. V
orher musste ich aber beim letzten Schub als Notfall hier ins Krankenhaus und an den Tropf. Es wurde gefährlich.

Essen durfte ich nicht mehr. Ich hatte mir Schreibblock und Stift mitgenommen, um meinen Brief an Matthias zu schreiben, der mir schon so lange auf der Seele lag.

Seinen plötzlichen Tod kann ich immer noch nicht fassen. Ich unterhalte mich sehr oft mit ihm, ob es auf unserer geliebten Gartenbank am Teich ist oder spät abends bei klassischer Musik er ist immer an meiner Seite. Es tut weh und der Schmerz hört einfach nicht auf.

Da alle Voruntersuchungen im Laufe dieser Tage gemacht wurden, habe ich mich entschlossen, hier 3 Wochen später ins Gifhorner Krankenhaus zu gehen Mit Professor Dr. M.-L. und meinem „Bauchaufschneider" Chefchirurg Dr. R. habe ich ausführliche Gespräche geführt. 3o Zentimeter Dickdarm müssen raus. Dann ging alles sehr schnell. So, nun war es soweit! Kein Zurück mehr! Alle Voruntersuchungen waren gemacht.

Ich hatte mein versprochenes Einzelzimmer. Das beruhigte mich sehr. Abends, bei der Visite, versprach mir mein Doc, gleich nach der OP bei meinen Kindern Arpad und Bettina anzurufen.

Da Du, liebe Freundin, vor langer Zeit im Altstadt-Krankenhaus Magdeburg als Schwester gearbeitet hast und hoffentlich nie wieder ins Krankenhaus musst, wird Dich der heutige Stand einer modernen Klinik bestimmt interessieren.

Ich habe Dich damals besucht, während des Krieges im Jahre 1944. Fliegeralarm hatten wir und die Bomber sind über uns weg nach Berlin geflogen. Ein Foto von Dir habe ich gefunden, Du in Schwesterntracht und sehr ernst dreinschauend.

Ich habe mir sehr bewusst während meines Aufenthaltes hier im Gifhorner Krankenhaus alles angeschaut. 4 Tage war ich auf der Intensivstation. Durch einen Vorhang getrennt beteiligte sich ein Patient neben mir manchmal an meinen Gesprächen mit Besuch oder den Schwestern, mit denen ich viel gelacht habe. War eine amüsante Sache!

Wieder in meinem Zimmer, konnte ich schon am 2. Tag duschen. Ich war ziemlich sprachlos, das konnte man bestimmt früher nicht riskieren. So konnte ich meine Klammern zählen und mich von der Schwester abtrocknen lassen.

Viel Besuch habe ich bekommen, auf meinem Tisch sammelte sich ein Blumenmeer, viele Rosensträuße. Meine Lieblingsblumen!

Bin dann bald rumgewandert.

Das ist schon ein eigener Kosmos, so eine Klinik. Wie das alles reibungslos läuft. Ich habe mich unten in die Eingangshalle gesetzt, Besucher beobachtet und dann draußen in der Sonne die ersten schönen Maisonnenstrahlen genossen. Nach so einer doch ziemlich großen Operation kommt man sich beinahe wie neugeboren vor. Freut sich über ganz einfache, kleine Dinge!

Im Haupteingang, etwas abseits, lädt eine kleine Kapelle zum Verweilen ein. Die Tür steht immer auf. Ich habe mich hineingesetzt und hatte das Gefühl, von einem ganz besonderen Fluidum eingefangen zu sein. Dieser Raum, im Stil einer skandinavischen Kapelle, vermittelt sofort eine eigenartige Ruhe und Abgeschiedenheit.

Auf einem Bord lag ein kleines aufgeschlagenes Büchlein, daneben die Aufforderung, doch Gedanken und Wünsche hinein zu schreiben.

Mit wie viel Verzweiflung standen da Bitten und Hoffnungen niedergeschrieben. Ich musste meine Tränen zurückhalten. „Lieber Gott, unser Goldknöpfchen ist jetzt bei Dir im Himmel. Wir durften unseren Liebling nicht behalten. Bitte, bitte pass auf!" Dann ein paar Seiten weiter:"

Lieber Gott, schick mir Deine Engel zur Hilfe, ich möchte es so gerne schaffen!"
So ähnlich gingen diese Hilferufe und Gebete über viele Seiten. Und ich sitze hier, hab alles gut überstanden und bin unendlich dankbar und auch sehr nachdenklich geworden.
Mit über 80 Jahren lebe ich weiter und so viel Jüngere müssen früh gehen. Dann ein paar Seiten weiter die Eintragung eines „Witzboldes": „Lieber Gott, ich habe Dir überhaupt nicht zu danken, denn ich musste hier beinah alles selbst bezahlen."

Ich bin nach draußen in die Sonne gegangen und habe mir die Menschen angeschaut, die zur Besuchszeit hier ankommen, oder die nach ihrer Genesung von ihren Angehörigen abgeholt werden.

Früh am Morgen schien die Sonne in mein Zimmer, das Frühstück kam und auch anschließend die erste Chefvisite. Ich habe mich hier einfach gut aufgehoben gefühlt. Von meinem Fenster aus konnte ich auf den Katzenberg schauen und links durch die Bäume die Bergstrasse sehen, wo das Leben vorbeirauschte.
Gut, dass ich in Gifhorn war und nicht in einer „fremden" Klinik. Das vermittelt so ein bisschen Heimatgefühl. Liegt es am Alter?
Edith Maria M. besucht mich, wir haben immer viel zu erzählen. Nun kam auch Dr. R. zur Visite und so erfuhr er, dass auch der Mann von Frau M. vor vielen Jahren als Chirurg hier am

Krankenhaus tätig war. Schon interessant, was sich manchmal im Gespräch ergibt.

Und zum Schluss ihres Besuches bekam ich noch eine musikalische Sondervorstellung von ihr. Danke!

Vor vielen Jahren habe ich ein Stockwerk unter mir mit gleichem Blick auf den Katzenberg gelegen. Chefarzt DR. G. hatte mir ein Hüftimplantat eingesetzt.

Eine Erinnerung habe ich an diese Zeit. Meine Kränzchenschwestern Elfi und Elisabeth haben mich besucht. Ich konnte schon ganz gut auf der Bettkante sitzen und dann haben wir Skat gespielt und die Station hat sich amüsiert.

Mit einem guten Kaffee sitze ich am Ende des Ganges auf einem Holzbalkon in der Sonne und versuche, eine schöne alte Kiefer hier in der Grünanlage des Krankenhauses zu zeichnen. Habe wieder viel Lust dazu und in einem Telefonat mit Fritz den Vorschlag gemacht, bald einmal wie früher auf Zeichensafari zu gehen. Er war begeistert und hat sofort zugestimmt. Ich muss einfach Dinge tun, die ich lange vernachlässigt habe.

Nebenan im Zimmer wird es laut, ein Privatpatient kann sich einfach nicht benehmen und bekommt von der Schwester den nötigen „Einlauf"! Sie erzählt mir anschließend, dass sie ja auch nicht einfach sagen kann: „Heben sie ihren A ... mal aus dem Bett". Lachen kannst Du auch im Krankenhaus. Augen und Ohren offen halten ist alles!

Ich hab mich angezogen und bin noch einmal in die kleine Kapelle gegangen. Dieser Andachtsraum hat mich magisch angezogen. Habe nun meinen Koffer aus dem Schrank geholt. Morgen kann ich nach Haus.

Die vielen guten Gespräche bei der Visite und auch mit den Schwestern haben mir sehr geholfen, schnell fit zu werden.

Meinem Doktor habe ich die Hörbuch-CD zu meinem Buch gegeben, vielleicht hört seine Frau einmal rein. Für die Station hatte ich schon zuhause viele kleine Streichholzschachteln, beklebt mit einer gestickten Rose und in Cellophan verpackt, vorbereitet.

Mit einem Geldschein meiner Morgenschwester übergeben und einem letzten „Danke- Schön. „Das Taxi ist bestellt und die Telefonkarte entsorgt. Die Maisonne scheint und ich komme nach Haus mit sehr gemischten Gefühlen.

Immer war Matthias da und hat mich mit Kaffee und Kuchen und einem Rosenstrauß empfangen. Nun geht es mir zum ersten Mal schlecht. Das Haus ist so unglaublich leer, wäre ich doch noch besser übers Wochenende geblieben? Das Angebot hatte ich, aber es hätte ja nichts geändert.

Mein Taxi hat bei Annchen Pöthig gehalten, 2 Stück Kuchen habe ich mir gekauft und mit einer großen Tasse Kaffee versuche ich, über die ersten einsamen Stunden hier im Haus hinweg zu kommen. Es hilft nicht, mir ist schlecht nach dieser Sahnesause und ich muss weinen.

Am Dienstag bin ich zum Klammerziehen ins Krankenhaus gefahren und habe der Sekretärin meines Doc. einen Blumenstrauß mitgenommen. Sie war sprachlos. Ich habe festgestellt, dass die Stationen sonst alles bekommen von den Patienten.

Meine Hausärztin ist mit meinem Gesundheitszustand sehr zufrieden und mahnte aber zur Schonung. Das vergesse ich manchmal!

Ein paar Monate ist dieses nun schon her und ich bin manchmal leichtsinnig bei der Auswahl meiner Speisen. Ein richtig schlechtes Gewissen habe ich nicht dabei, es wird schon gut gehen. Und außerdem bin ich über 80! Was soll mir noch groß passieren! Es lebt sich einfach besser mit dieser Einstellung!

Männer sind auch Menschen

Besonders wenn sie krank sind! Meine Freundin Elke beehrte mich mit einem längeren Telefonat, sie wollte so einiges loswerden und ich hab geduldig zugehört.

Beruflich hat sie sowieso mit allen Altersklassen dieser „Rasse" Mann zu tun. Und so erfuhr ich, neben meinen eigenen Erfahrungen, doch so allerhand Neues zum Beispiel über den Verlauf einer ganz ordinären Erkältung ihres so tough im Leben stehenden Mannes. Es geht da manchmal in den Köpfen eines Erkrankten um Leben und Tod. Ihrer Stimme merkte ich an, dass dieser schwerwiegende Fall eingetreten war und ihre ganze liebevolle Aufmerksamkeit erforderte. „Bleib am Telefon, bat ich sie!" Bin in die Küche gerannt und habe den Kochvorgang meiner Suppe unterbrochen. Das konnte jetzt dauern und noch einen angebrannten Topf war die Sache nicht wert! Mein Espresso in der Maschine lief nebenbei, der Sessel am Fenster wartete auf mich und nun ging die erwartete Litanei los:„ Mir geht es auch schlecht, ich kann mich aber nicht so hemmungslos gehen lassen!" Elkes Stimme zitterte!

Ich wollte gerade mit ein paar freundschaftlichen Worten meine Anteilnahme ausdrücken, da legte sie los.
„Ich lege mich jetzt einfach auch ins Bett und leide mit, egal was nun wird! Meiner Tochter habe ich Bescheid gesagt, dass sie aus dem Super Markt ein paar Dosen Hühnerbrühe bei uns in die Küche stellen soll. Komm bloß nicht zu uns herein, bat ich sie, 2 Kranke reichen und für einen Arztbesuch sind wir noch nicht krank genug!"
Sie wartete nun auf eine Reaktion von mir und die bekam sie postwendend.

Da ich ihren Mann schon lange kenne, weiß ich, dass er mit absoluter Panik auf kleine gesundheitliche Blessuren reagiert. Ich werde beide besuchen, einen Hausschlüssel habe ich als Vertrauensperson seit langen Jahren. Und ich bin immun gegen Schnupfen, Heiserkeit und Husten.

Die Aussicht auf Hilfe und liebevolle Unterstützung machte ihr Mut, ihre Stimme klang nicht mehr weinerlich. Richtig krank war sie ja auch nicht. Ich konnte das ganz gut einschätzen, jedes Jahr im Herbst ging dieses Theater los.
Unser Kranker hatte sich nach einem kurzen Besuch im Bad in den großen Sessel geschleppt, der günstig zum Fernseher stand. Neben sich hatte er aus der Bibliothek alle Bücher gestapelt, um Symptome richtig einordnen zu können.

Meine Freundin und ich kennen diesen Ablauf seit Jahren und auch das Ergebnis seiner zähen Suche nach möglichen anderen ernsthafteren Krankheitsbildern.
Erschöpfung war ihm dabei nie anzumerken, in seinen Gesichtszügen machte sich Zufriedenheit bemerkbar: er war den Dingen auf der Spur, komme was wolle! Auch mit dieser vielleicht lebensbedrohenden „Grippe" blieb er ein Mann der Tat! Welch Kämpfer im Schlafanzug, über den er meinetwegen einen Bademantel gezogen hatte.

Wehe, so ein Schicksalsschlag im beruflich so unpassenden Moment wird nicht entsprechend gewürdigt! Jede erfahrene Hausfrau,
Geliebte, Mutter ... egal in welcher Beziehung zum Opfer sie steht, sollte vor allem eines wissen: Geduldig und liebevoll alle Anzeichen dieser schweren Erkrankung ernst nehmen und den Betroffenen trösten und pflegen. Auch wenn sie zu gleicher Zeit

schwer, oder noch schwerer davon betroffen ist. Sie bat zwischendurch um Entschuldigung, die Nase lief bei ihr und ihr Niesen ging haarscharf am Hörer vorbei.

Mein Mitgefühl war ihr sicher, ich kenne ihren Mann gut. Steht wie ein Fels im Berufsleben und hat es ganz schön zu etwas gebracht. So ein schwerer Schlag, eine Erkältung, warf ihn völlig aus der Bahn.
Kein Managergebaren mehr, nur ein krankes Häuflein Mensch im Ehebett. Das jetzt aber auch mit letzter Kraft Zuwendung und Liebe erwartete. Sie beschrieb mir alles haarklein.
Elke hatte da aber auch den Bogen raus und entwickelte, trotz eigener Maladität, ungeheure Kräfte, ihren Liebsten wieder auf Vordermann zu bringen.
Schon im ureigensten Interesse! Einen kranken Kerl im Haus, das passte nicht in ihren Tagesablauf! Sie hatte schließlich auch mit sich zu tun.

Aber es ist nun einmal so, es dauert seine Zeit und zu früh aufstehen und den dicken „Max" im Büro zu spielen, kann den Erkrankten auf längere Zeit zurück werfen. Ich habe Elke gewarnt, sie sich aber auch!
Wegen einer simplen Erkältung ihres Mannes eine tolle Kaffee Einladung absagen? Nee, das kam nicht infrage. Ein heißes Dampfbad über der Schüssel und mit ein paar Pillen würde sie sich schon in den Griff kriegen. Ein bisschen schminken und die rote Nase fällt keinem auf.

Der nächste Espresso ist fällig bei mir, meine Freundin beginnt am Telefon leise zu kichern und ich habe das Gefühl, dass sie nach diesem halbstündigen Telefonat über den „ Berg" ist! Geschafft, diesen Freundschaftsdienst verrichte ich gerne. Einfach zuhören können, Tipps braucht sie ja im Grunde überhaupt nicht. Sie hat langjährige Eheerfahrung! Ich bin zu ihr gefahren.

Bin ich ein Messie ?

Eine chaotische Unordnung kann ich in meinem Haushalt nicht feststellen, trotzdem überfällt mich von Zeit zu Zeit Panik, wenn ich zum Beispiel meinen vollen Kleiderschrank inspiziere. Die beste Voraussetzung, mal wieder allen Mut zusammenzunehmen und über Aussortieren und für einen guten Zweck spenden, nachzudenken.

Der erste Schritt ist getan, bin über meine Entschlusskraft beglückt. Ich mache mir das Ergebnis vieler" wissenschaftlicher" Überlegungen zueigen und erstelle ein Konzept.

Vielleicht zuerst die Blusen? Ein Trachtentraum mit kleinen Röschen, echten Hornknöpfen und zierlichen Rüschen am Kragen und an der Knopfkante entlang fällt mir als erstes in die Hände. In Salzburg in der Getreidegasse gekauft, zusammen mit einem tollen Dirndlkostüm, Kleidergröße 38. Darauf komme ich aber noch, wenn ich in der Abteilung Kostüme angelangt bin.

Ich nehme mir vor, ganz hinten im Schrank anzufangen. Da hatte ich immer alles hingehängt, was ich nicht mehr tragen konnte, aber einfach zu schön zum entsorgen war.

Jetzt nur nicht in Selbstmitleid versinken oder die nächste Diät planen. Alles hat seine Zeit ... ja, ja, aber schön wäre es, so ein paar Kilo zu verlieren. Ich würde ja trotzdem nicht mehr in diese Sachen passen. Zusätzlich kommen die Erinnerungen an einen Traumurlaub! Bloß schnell weiter machen, ich kann ja nicht bei all dem Entscheidungsstress in Träume mit meinem Liebsten verfallen. Bin auf dem besten Weg dazu!

Diese Bluse wandert nicht in den großen Sack, ich hänge sie vorsichtshalber etwas entfernt an einen Haken, für spätere Überlegungen.

Also, es geht schon wieder los, ich kann mich nicht trennen.
Und das bei der ersten Bluse!

Die Kaffeepause muss jetzt sein, ich denke über mich nach. Bin ich noch normal? So einzubrechen beim ersten Versuch! Überschlage meinen Blusen- oder Hemdenvorrat und leichte Nervosität stellt sich ein.

Hätte ich doch besser den gut gemeinten Vorschlag meiner Tochter annehmen sollen, für mich diese „Arbeit" zu erledigen?

Sie kommt selten genug aus Kiel und will dann entscheiden, was gut ist oder nicht. Das ist sehr liebevoll gemeint, aber sehr heikel.

„Was soll Mutti noch mit diesem angestaubten Teil aus Österreich?" Weg damit, trägt sowieso kein Mensch mehr. Sie sieht meinen überquellenden Kleiderschrank aus einer ganz anderen Perspektive. Meine bevorzugte Garderobe hängt oder liegt vorne, die hinteren Teile können mit gutem Gewissen in die nähere Auswahl, um entsorgt zu werden. Denkt sie bestimmt!

Das ist der Knackpunkt! Denn die hinteren Teile sind extrem wichtig für die Entscheidung: raus oder nicht.

Das bringt der Jahreszeiten Wechsel so mit sich. Jetzt im Sommer habe ich meine Lieblingsstücke vorne hängen, griffbereit. Die Winterteile halten Sommerschlaf! Da kann ein unbedachter Zugriff fürchterliche Folgen haben.

Es ist so, ich muss und kann nur alleine entscheiden. Bekomme Herzklopfen, Emotionen kann ich mir eigentlich nicht leisten, sonst geht es ja überhaupt nicht voran. Aber wie weiterkommen! Jedes Teil nehme ich in die Hand, und fühle viel zu viel Abschiedsschmerz.

Wird es wieder so enden, wie all die Jahre vorher?

Einfach die ganze Angelegenheit verschieben?

Trudi, dieses mal nicht, standhaft bleiben!

Gott sei Dank machen mir die nächsten Objekte keine Schwierigkeiten, die karierte Bluse sieht ja sehr sportlich aus, kneift aber unter dem Arm, weg damit. Die nächste ist viel zu kurz, reicht nicht über den Po und zum reinstecken in die Jeans nicht geeignet, trägt zu sehr auf! In den Sack zu den anderen.

Die geliebten leichten Kordhemden in allen Farbstellungen, aber alle eine Nummer zu klein. Ich hab sie immer und immer wieder zurück gehängt in der Hoffnung, ein paar Kilo abzunehmen. Das geht schon mehr als eine Saison so. Ich werde mir daraus eine leichte Sommerdecke nähen, und gleich morgen auf der Terrasse mit dem Zuschneiden beginnen.

Meine Seidenblusen bekommt eine gute Freundin, sie macht ähnliches. Immer dieses Bügeln bin ich leid.

„So kann man auch mit vielen Sachen dem Nächsten eine Freude machen."

Diese Aussage ist nicht von mir!

Langsam kommt nun doch Bewegung in mein Unterfangen, irgendwie bin ich stolz auf mich, den Anfang gemacht zu haben. So landen dann doch einige „Opfer" in der großen Tüte. Luft hat das aber noch nicht gebracht, es ist immer noch zu voll.

Jetzt werde ich mir zur Abwechslung meine Hosen vornehmen. Die Jeans lege ich auf einen Haufen, der ist erst mal tabu!

Diese leichten Sommer-Flatterteile allerdings schreien förmlich nach Aussortierung. So eine weite, leichte Baumwollhose, knallbunt, hat beinah jeden Urlaub mitgemacht.

Ob zur Kreuzfahrt im Mittelmeer, auf Mallorca oder Teneriffa, sie war mein liebstes Kleidungsstück, eben etwas für alle Fälle.

Und passte von Kleidergröße 38 bis weit über 40! Ein leichter, nicht auftragender Gummizug half über alle Probleme ziemlich lässig hinweg. Sie fiel so locker und elegant an der Figur hinunter, auch nach einem ausgedehntem Menü gab es keine Schwierigkeiten. Bauch einziehen war nicht nötig.

Ein legeres Oberteil, als Kaftan oder so, ein paar Goldsandaletten und rot lackierte Fußnägel, bin ich nicht schön?

Braun gebrannt war ich immer in Windeseile. Mein Gott, waren das Zeiten!

Bloß nicht in Erinnerungen versinken, positiv denken. Auch das Alter hat viele sonnige Tage! Selbstmitleid ist völlig fehl am Platz. Schöne, bequeme Hosen trage ich auch heute noch gern, nur keine „Flatterteile" mehr, da zeichnen sich Figurprobleme doch unvorteilhaft ab. Wozu soll ich mir das antun!

Also diese Hose bleibt, gerettet, wenn auch mit ziemlich wehmütigen Erinnerungen!

Ich habe noch genug andere Ferienhosen, die keine Verwendung mehr für mich haben. Auf den großen Haufen damit. Diese Reisen mache ich bestimmt nie wieder, und für den Garten? Ach nee, da habe ich noch genug Deutschland taugliche. Paradiesvogel war einmal! Und ich bin nicht jünger geworden.

Wäre einen Versuch wert, in die engere Wahl gekommene noch einmal zu probieren. Ganz schön albern! Und entmutigend! Denn in manche müsste ich mich reinzwängen. In die ohne Gummizug zum Beispiel.

Die Entscheidung fällt nicht schwer. Aber allein die Erkenntnis, so lange aufgehoben zu haben, was überfällig ist, macht nachdenklich! Der Griff in die Mottenkiste, so kommt es mir manchmal vor. Gut, dass ich alleine ausmiste. Ob ich da nicht doch Schwestern im Denken habe? Mal beim nächsten Kaffeeklatsch testen!

Bei diesen im Moment herrschenden Klima Verhältnissen ist die Überlegung schon angebracht, diesen oder jenen leichten

Fummel zu behalten. Diese Hitzewelle im Moment drängt Gedanken daran förmlich auf.

Ich betrachte die nach Sommer und Winter gestapelten Haufen, einfach Augen zu und weg damit. Das wäre Erlösung aus aller Qual! Vorsichtig ziehe ich das eine oder andere Teil schon wieder heraus. Mein Gott, und das wollte ich entsorgen!!

Langsam wächst die Abteilung: trenne ich mich, oder nicht!

Du meine Güte, bin ich von Sinnen? Wie konnte die Designerhose damit reinrutschen! Sie passt schon lange nicht mehr, auch wenn ich verzweifelt versuchen würde, abzunehmen. Sie war teuer, schön, machte eine gute Figur und jeder Insider erkannte sofort die Qualität. Macht schon was aus, da ich nicht immer auf Marken Logos geguckt habe.

Eine superbequeme „im Angebot" kam oft gerade recht.

Spontankäufe sind bei mir an der Tagesordnung, besonders bei dem leidigen Schild: „Schnäppchen!"

Überprobiert? Dazu war ich meist zu ungeduldig, außerdem konnte ich ja nähen und damit eventuelle Schwachstellen ändern. Das passierte leider oft genug. Die Gene meiner Mutter halfen mir, alles hinzukriegen. Sie war Schneidermeisterin und ich ihre gelehrige Schülerin.

So, die Hosenfrage ist geklärt.

Meine Jeans behalte ich alle. Die nicht passen oder kneifen bekommen einen Extra- Verschluss von mir. Da ich seit längerer Zeit im Taillenbereich ziemliche Veränderungen hinnehmen muss, erfordert das schon intelligente Lösungen. Die mir bislang ganz gut geglückt sind!

Außerdem trage ich mit zunehmendem Alter die Oberteile gerne lässig über der Hose, wegen der Optik. Damit ist meine Kleidergröße für Außenstehende oder neutrale Beobachter schwer einzuschätzen.

Meiner Eitelkeit ist hiermit Genüge getan! Aber diese eine edle, schöne Hose wandert zur Dirndlbluse und der Ferienhose. Nächstes Jahr beim Ausmisten freue ich mich dann über die Relikte aus „Vorzeiten"! Mit ein bisschen Wehmut werde ich vergangener Zeiten gedenken, da alles noch gepasst hat!
 Und diese Teile hebe ich ganz bestimmt auf, allen Überlegungen zum Trotz.

Ich habe tatsächlich noch ein paar Kleider aufgehoben. Für was eigentlich!
 Auch bei den festlichsten Einladungen habe ich mich seit langem im Hosen-Anzug am wohlsten gefühlt. Meine Beine brauche ich nicht zu verstecken, immer noch ansehnlich. Ohne Krampfadern. Also kein Grund, Hosen zu tragen.
 Trotzdem, ich glaube, dass ich mich gut trennen kann.
 Brauche das alles nicht mehr!

Mit den Kostümen wird es mir ähnlich ergehen, weg damit. Die Jacken oder Blazer passen gut zu Jeans, also ist noch ein kleines bisschen gerettet. Puh, einmal zufrieden durchatmen! Da kommen so leichte Nachkriegserinnerungen hoch:" das kann man doch nicht so einfach wegschmeißen, wer weiß, wozu man das noch gebrauchen kann!"

O nein, es geht schon wieder los! Keine sentimentalen Ausflüchte! So, die Aktion „Klamotten" ist über die Bühne, nun fehlt nur noch der Akt der unwiderruflichen Entscheidung.
 Weg, oder nicht! Nächstes Jahr weiß ich mehr!

Da hatte es meine Freundin leichter oder schwerer, je nachdem. Sie hat ihr Haus verkauft und musste sich ziemlich schnell entscheiden beim Trennen und Aussortieren von lieb gewordenen

Dingen. Die Zeit drängte, die neue viel kleinere Wohnung wartete. Und ein Riesenhaus musste ausgeräumt werden. Das sind heftige Einschnitte. Sie hat notgedrungen im rasanten Tempo entkernt. Und wird für den Rest ihres Lebens Ruhe haben.

Ich überlege, was bei mir passiert bei einem unfreiwilligen Abgang. Meinen Kindern hatte ich vor langer Zeit vorgeschlagen, einen großen Container vor das Haus zu holen, und von oben, also vom Dachboden bis unten zum Keller, alles ungesehen rein zu schmeißen. Denn wenn ich auch versuche, zwischendurch „Klar Schiff" zu machen, es wird ein gewaltiger Berg übrig bleiben.

Dazu habe ich zu gerne gesammelt.

Besonders Bücher. In allen Antiquariaten war ich zu Haus. Die wichtigste Anregung kam aber aus meinem Elternhaus, aus dem Bücherschrank. Gleich nach dem Krieg waren Bücher für die meisten Menschen kein Thema, für mich aber! Und so hatte ich schon in sehr jungen Jahren eine wichtige kleine Bibliothek! Und wurde zudem auf Flohmärkten und Basaren fündig.

Mit oft wertvollen Exlibris auf der Innenseite, waren es Kostbarkeiten. Besonders diese Bucheignerzeichen aus der Jugendstil- Zeit waren klassisch schön. Das waren glücklichste Momente auf meinen Streifzügen!

Es sind die Bücher mit alter Schrift, von denen ich mich später dann getrennt habe. Aufwendig hergestellte Erstausgaben, edel eingebundene alte Alben, Poesie-Bücher.

Sammler gibt es noch genug. Manchmal war die Ausstattung so traumhaft, dass ich nicht widerstehen konnte, der Buchtitel war oft nicht das wichtigste beim Kauf! Belletristik mit Jugendstileinbänden, zum Niederknien schön!

Meine Generation konnte noch darin schmökern. Obwohl mich der Inhalt selten interessiert hat, zu seicht! Lesen kann es heute kaum noch einer. Habe vor Jahren schon alles weg gegeben, meist mit großem Abschiedsschmerz.

Aber jetzt geht es schon ein bisschen an die Substanz. Wovon kann ich mich noch leichten Gewissens trennen? Da fängt es an, es sind alles Herzenskinder von mir!

Mit Blusen war es einfacher.

Jetzt fange ich an zu blättern, die Zeit läuft mir davon und ich kann nicht aufhören. Ich denke mal, dass ich mich wahrscheinlich überhaupt nicht entschließen kann, auch nur eins meiner geliebten Kostbarkeiten aus der Hand zu geben.

Die sollen alle bis an mein Lebensende um mich sein! Und gehören, genauso wie die Bilder an der Wand, zu meinem Leben! Es liegen noch viele Sammelreihen herum, die können weg.

Mache mal wieder eine Visite bei Porzellan, Kristall und liebgewordenen Sachen. Anflüge von „nicht trennen können" gibt es nicht mehr. Von manchem kostbaren Teil habe ich mich schon ohne Tränen verabschiedet. Schon wichtig, für eine schöne Kaffeestunde liebevoll decken zu können. Es müssen nicht mehr verschiedene Service im Schrank sein.

Das schönste habe ich behalten, da zitiere ich Oscar Wilde:" ich habe einen ganz einfachen Geschmack, ich bin mit dem Besten zufrieden!" Genial, nicht wahr?

Durch mehrere „Erbfälle" hat sich der Bestand unter anderem an kompletten silbernen Bestecken rasant vervielfältigt.

Ob „800" oder edel versilbert. Das lag alles so friedlich über Jahre im Besteckkasten, bis mich eines Tages der Gedanke packte, aufzuräumen.

Meine Kinder hatten kein Interesse, etwas davon zu bekommen. Hochzeit und andere Gelegenheiten sorgten bei ihnen für „Sättigung!" Sie hatten ihr „Eigenes!"

Außerdem hatten die edlen „800" Bestecke Ausmaße, dass sie nicht in den Geschirrspüler passten. Und putzen musste man sie auch!

Wenn ich mir die langen Zinken der Gabeln anschaute, war mein Entschluss gefasst. Da bestand bei zu heftiger Handhabung Verletzungsgefahr im hinteren Rachenraum.

Ich trennte mich ohne Herzklopfen und schlechtem Gewissen. 24-teilig für einen Dumpingpreis!

Mit so alten, großen Bestecken kann man heutzutage kein Vermögen mehr machen. Erkundigt habe ich mich vorher natürlich ausführlich in vielen Antiquariaten, so was verschleudert man nicht einfach mal so zwischendurch. Edelstahl ist heute im täglichen Gebrauch der Renner.

Meiner Schwiegermutter ganzer Stolz war plötzlich weg!

Ich hab das" Silbergeld" ja nicht einfach mal so ausgegeben, nein, für mein neues Auto als Anzahlung verwandt! Das hatte Sinn! Bin zum Friedhof gefahren, habe nach oben geschaut und Marie alles erzählt. Sie kann sich ja nicht mehr wehren, und ich habe komischerweise kein schlechtes Gewissen mehr!

Man kann nicht alles aufheben!

Im Keller ist auch so einiges zu entsorgen. Meine Flaschensammlung zum Beispiel. Die schönsten und originellsten habe ich voller Vergnügen gehortet. Da kam schon was zusammen, auch dank der freundlichen Gaben vieler guter Bekannten. Nach dem Motto: „gib das Trudi, sie sammelt das!" Na, ja!

Jahre lang stellte ich Likör her, auf keinem meiner Gartenflohmärkte durfte er fehlen. Und auch als Mitbringsel machte sich das gut. Da muss ich wirklich einmal aufräumen, zumal meine Kellerräume demnächst einen Anstrich nötig haben.

Also, dieses Aussortieren fällt mir ziemlich leicht, denn die Damen sind diesen süßen Genüssen nicht mehr so zugetan. Sodbrennen, Gewichtsprobleme, Alterszucker, wie auch immer. Mir geht es ja genauso!

Und ich fahre nach so einer netten Einladung mit dem Auto nach Haus. Da will ich nichts, aber auch gar nichts riskieren! Den Lappen los? Eine grauenhafte Vorstellung! So still im Sessel gönne ich mir schon mal ein Gläschen, dabei bleibt es auch meist.

In den nächsten Tagen ist die Garage dran. Für Männer mit dem Tick: „das kann man bestimmt noch einmal gebrauchen" eine Horror Vorstellung. Oh, es ist alles so menschlich! Die Herren der Schöpfung schlagen auch schon mal einen krummen Nagel gerade, das ist bestimmt der, den man irgendwann gebrauchen kann.

Habe ich mir sagen lassen, und konnte mir ein Schmunzeln wegen dieser allzu menschlichen Schwäche nicht verkneifen. Bin verrückt genug, eigene kleine Macken zu pflegen.

Gerade weil ich früher in einer alten Blechschachtel einzelne Schrauben, Muttern, Haken, Ösen und vielerlei skurriles Zeug gesammelt habe. Das war eine Fundgrube für meine Männer. Ihre Dankbarkeit war mir gewiss.

Aber krumme Nägel haben sie nicht glatt geschlagen. Da wurde für einen Arbeitsgang schon mal ein ganzes Päckchen gekauft. „Die braucht man immer wieder!"

Zurück zur Garage!

Vollgepackt mit Fliesen, Maurerwerkzeug (wer soll das noch benutzen!) altem Gartengerät, überflüssigem Autozubehör, schönen, stabilen Holzleisten und so vielen, unendlich vielen Kram macht mir das am meisten Angst. Da weiß ich wirklich nicht, wo ich anfangen soll. Das könnte alles weg, das sieht nach Messie aus. Das Aufräumen kann ich keinem zumuten, mir auch nicht. Also, Garagentor schließen und nachdenken! Manchmal hilft die Zeit! Und die lasse ich mir jetzt!

Etwas ganz wichtiges nehme ich mir nach dem Mittagsschläfchen vor.

Mit einer Tasse Kaffee stärken und dann in einem großen Korb, seit langen Jahren ein Sammelpunkt für alles, was so anfällt und bestimmt irgendwie mal wichtig wäre, rumzuwühlen. Da ist beim Durchsehen ein leichter „Messie" Verdacht erlaubt. Über Jahre werfe ich alles rein, was im Moment nicht gebraucht wird, aber zum wegschmeißen zu schade ist. Wahnsinnig interessant, was ich so vor Jahren wert fand, aufgehoben zu werden.

Schlüssel- Anhänger, versilbert, bei einer Tombola gewonnen. Die Enkelkinder werden groß und können das bestimmt gebrauchen. Kleine Feuerzeuge, Kugelschreiber der besonderen Art, und, und ‚und...

Dieser Sammelschatz ist eine Fundgrube sondergleichen. Ich räume darin grundsätzlich nicht regelmäßig auf, das wäre ja kein Spaß. Ein bisschen Zeit muss schon verstreichen, es sei denn, ich suche etwas ganz Bestimmtes.

Von diesen Dingen trenne ich mich niemals, es kommt höchstens noch was dazu.

Warum nicht ein wenig verrückt sein, normal sind so viele!

Jetzt warte ich auf einen Regentag, um zu entscheiden, was an Handarbeiten weg kommt.

Alte Leinendecken, Lochstickereikostbarkeiten mit handlangettiertem Abschlusssaum, Häkeleinsätze kunstvoll in Kaffeedecken gebracht ... stapelweise liegt es vor mir. Gestickt, gehäkelt, aus vielen unterschiedlichen Handarbeitstechniken hergestellt. Die Arbeit mancher Winterabende.

Für viele Hausfrauen war der schnelle Kauf aus Importen billiger. Die Märkte sind auch heute noch überschwemmt damit.
Ich habe aber festgestellt, dass auf Flohmärkten gezielt nach alten, kostbaren Handarbeiten gesucht wird. Es gibt noch Sammler!
Für die jüngere, modern denkende Generation kommen diese langen, edlen Tafeltücher aus Damast oder Leinen aus praktischen Gründen kaum in Frage. Auf den schönen Designer-Holztischen sehen Sets gut aus, das muss ich zugeben! Bei meinen Kindern schon lange selbstverständlich.
Was mache ich nun? Im Moment fällt die Entscheidung doch sehr schwer, alles mit „Herzblut" gearbeitet. Vielleicht im Internet anbieten. Das werde ich einmal im Winter versuchen, oder kurz vor Weihnachten.

Ich habe nun so viele Sachen aussortiert und weggegeben und kann trotzdem keine großen Lücken erkennen. Bis zum nächsten Spätherbst werde ich warten und mich an einem dunklen regnerischen Tag wieder vor meine Schränke setzen und aussortieren. Gestern habe ich mir eine traumhaft schöne Jacke geleistet, ein Designerstück!
Der Platz wird schon wieder eng! Messieverdacht? Nö, einfach Lust am Leben!

Wien, Gustav Klimt und der Kuss
April 2008

Ob mein Sohn geahnt hat, was er mir mit diesem Wochenendflug geschenkt hat? 3 Tage Zeit für seine Mutter. So nehme ich es hin und bin glücklich! Meine Flugangst kannte er, er wusste aber auch, dass ich eine glühende Verehrerin Gustav Klimt's bin. Und außerdem konnte ich mich lange vorher mental vorbereiten, Anfang April sollte es losgehen. Mit airberlin von Langenhagen in gut einer Stunde in die Stadt unserer Träume. Ewigkeiten her, dass ich in einem Flieger gesessen habe, Boarding time 13.55. Spannend war es beim Einchecken, diese Sicherheitsvorkehrungen haben sich enorm verschärft. Von beleibten oder sportlich schlanken Männern wurden hemmungslos edle Lederriemen aus der Hose gezogen, mit anderem Kleinkram auf das Band gelegt. Für meine Geschichte hier hätte ich gerne erlebt, dass ein Kerl in Unterhosen dagestanden hätte. Keiner hat mir den Gefallen getan, ich hätte so gerne gelacht!

Pünktlich hob der Airbus 319 ab, ich habe den Flug genossen und mir in Ruhe alle technischen Daten durchgelesen. Max. Abflugmasse:70.000/75.500kg, und so was hält sich in der Luft? Mit Engelsgeduld haben mir alle meine männlichen Freunde lange vorher erklärt, wie das funktioniert. Mein Verstand will das einfach nicht wahrhaben- obwohl ich in so einem „Monstrum" sitze, mich bedienen lasse und die Welt aus max. Reiseflughöhe von 12.130m betrachte. Und dann einfach so in Wien gelandet, ohne Turbulenzen oder andere bedrohliche Geräusche!

Mein Sohn hatte diese 3 Tage voll durchorganisiert, unser Auto stand am Flughafen bereit und ein Traum Wochenende konnte beginnen. Ich konnte mich im Internet schon Wochen vorher auf unser Hotel freuen, den „König von Ungarn". Seit 1815 wird es so geführt, bevor es ungefähr 200 Jahre lang den kirchlichen

Würdenträgern von St.Stephan als Pferdestall und Gästehaus diente. Diese beeindruckende Bausubstanz ist nahezu 3oo Jahre unverändert geblieben. Während der österreichisch-ungarischen Monarchie, die 1918 zu Ende ging, wohnten vor allem ungarische Adelige und Magnaten in den luxuriösen Jahresappartements des Hauses, im sehenswerten Gästebuch vermerkt. In meinem Zimmer nächtigte einst ein Erzbischoff, nach zu lesen auf einem Dokument, dass im alten Rahmen neben der Zimmertür hing. Da wehte schon ein Hauch von vergangener K.u.K. Monarchie durch diese ehrwürdigen Mauern.

Im Restaurant „König von Ungarn" befindet sich auch das „Mozartstüberl", über dem das weltweit bekannte Musikgenie Wolfgang Amadeus Mozart einige Jahre gelebt hat. Hier komponierte er die Oper „Die Hochzeit des Figaro". Das alles mitten in der Altstadt beim Stephansdom, dem Wahrzeichen Wiens, in der Schulerstrasse 10. Wohlfühlen im ältesten Hotel dieser schönen Stadt. Das Vergnügen konnte beginnen!

Wo findet man den Charme der Habsburger Monarchie verbunden mit Lebenskultur, Tradition und Luxus? Im Caféhaus Sacher! Wir haben das rotplüschige Flair mit einem kleinen Schwarzen und einer Melange total genossen, Leute beobachtet und natürlich in der Confiserie edel eingekauft. Eine Dame erklärte mir vom Nebentisch aus, was das Kaffee- hausgefühl ausmacht. Der Wiener Schriftsteller Alfred Polgar beschrieb es so: „Im Café sitzen Leute, die allein sein wollen, aber dazu Gesellschaft brauchen."

Ach Wien, wie bist du schön! Ich wünsche mir wirklich sehr, dieses Lebensgefühl noch einmal zu erleben.

Und abends im Hotel haben wir uns einen Klassiker der österreichischen Küche bestellt, den Tafelspitz.

Genial, wie zum Beispiel die Speisekarte im weltbekanntem Restaurant Plachutta zu lesen ist.

Da geht es los mit Kavalierspitz, Knispelspitz, Hüferscherzel, Fledermaus oder weißes Scherzel. Wissen Sie, was Gschnatter ist? Gulaschfleisch! Hüferschwanzel und Schulterscherzel beenden die kulinarische österreichische Rundreise am Ochsen. Ich bin beeindruckt!

Nach einer geruhsamen Nacht und einem mit großem Genuss eingenommenen Frühstück, die österreichischen Backwaren haben mich verführt, war jetzt ein Bummel rund um den Stephansdom, dem Wahrzeichen der Hauptstadt Österreichs, geplant. Das war alles gut zu Fuß zu erkunden .Wie in jeder Weltstadt lockten auch hier weltberühmte Firmen in edlen Auslagen um die Gunst der Käufer.

Nachmittags haben wir uns ein Taxi bestellt, um die wichtigsten Sehenswürdigkeiten dieser schönen interessanten Stadt kennen zu lernen. Für mich ein Riesenerlebnis! Unser von der Hotel- Rezeption bestellter Fahrer war ein grauhaariger gebildeter Algerier, der speziell für Hotelgäste diese Fahrten machte. An der Ringstrasse, einem Prachtboulevard mit Parlament, Staatsoper, Burgtheater, Rathaus und Museen erklärte er uns besonders die hervorstechendsten Architekturschönheiten , die das Wien Gustav Klimt's um die Jahrhundertwende hervorgebracht hat. Otto Wagner ist der geniale Bauherr. Jugendstil in Vollendung! Wie erklärt uns unser Reiseführer dieses Wunder? Es ist ein letztes Aufbegehren vor dem Verfall dieser damals mit zwei Millionen Einwohnern viertgrößten Stadt Europas.

Unser Fahrer fährt in eine Parkbucht, dreht sich zu mir um und erklärt mir auf meinen speziellen Wunsch das Wirken Otto Wagners, von dem ich vorher nie etwas gehört hatte. Zerrissen zwischen Realität und Illusion, Tradition und Moderne entwickelten Künstler und Intellektuelle eine enorme Schöpferkraft.

Im Schritttempo am berühmten Naschmarkt vorbei ahnten wir,

was diese Stadt so Multi-Kulti macht. Ein buntes Völkergemisch bewegte sich zwischen Obst- und Gemüsemarkt, Fisch- und Gewürzständen. Pralles Leben!

An der Hofburg vorbei mit der Spanischen Hofreitschule und dem Lipizzaner Museum geht's am Prater mit dem berühmten Riesenrad entlang, das sich mit 2,7 Stundenkilometer auf 64,75 Meter Höhe dreht. Mir wird schon vom Hinschauen schwindelig, das sitzen tatsächlich Leute drin. Das Wetter ist ja auch erträglich.

Wir fahren weiter und immer mehr begeistert mich diese Stadt. Wir bekommen Anschauungsunterricht von einem sehr gebildeten Mann, mein Sohn erfährt viel Neues, obwohl er Wien kannte. Die zwei Stunden gingen im Flug vorbei, auf meinem Hotelbett habe ich bei einer Ruhepause versucht, alles Revue passieren zu lassen.

Wo führt man seine Mutter zum nächsten Kaffee hin? Zum Hofzuckerbäcker und Chocolatier Ch. Demel am Kohlmarkt 14. „Haben schon gewählt?" wird man hier auch heute noch in der dritten Person befragt. Und kann all die Köstlichkeiten wie zu Sisis Zeiten im barocken Ambiente genießen. Zuviel Zeit blieb uns nicht, nach zwei Melange und natürlich anschließend einem Einkauf verschiedener süßer Versuchungen planten wir für den Abend einen Ausflug nach Nussdorf zum Heurigen. Das war ein „Muss!" Und natürlich einen Palatschinken zum Abschluß. Abends war es doch noch recht kühl und so fand die viel besungene Weinseligkeit drinnen statt und verlor viel von ihrem Charme. Schade!

Der letzte Tag war von meinem Sohn, wie immer, toll organisiert.

Nach dem Frühstück stand unser für die drei Tage gemieteter Wagen vor dem Hotel, ein letzter Blick auf dieses schöne Haus und nun kam der Höhepunkt unserer Reise, der Besuch im Oberen Belvedere. Zu einer der bedeutendsten Sammlungen österreichischer Kunst, die vom Mittelalter bis zur Gegenwart reicht.

Dieses Ziel war ja auch der eigentliche Anlaß für diese Einladung meines Sohnes an mich. Beide bewundern wir Gustav Klimt. Und nun ist es soweit! Ich stehe betäubt vor dieser überwältigenden Farbenpracht. Die Gewänder des Liebespaares auf dem weltberühmten Gemälde „Der Kuss", diese Hingebung fasziniert und erregt mich. Alle Kunst ist irgendwie erotisch, Klimt hat das in Perfektion vermittelt, demütig betrachte ich das Gemälde.

Klimt hat die Schönheit der Frau so herausfordernd dargestellt, dass ihm neben unverhohlener Begeisterung auch erbitterte Ablehnung entgegen schlug. Und das im dekadenten Wien! Ich wundere mich überhaupt nicht und bin sicher, dass auch heute noch viele Kunstinteressierte dieses Direkte ablehnen. Ein Museumsbesuch hat mich schon ewig angestrengt, ein oder zwei Objekte, denen meine ganze Aufmerksamkeit gehört, reichen völlig aus. Zumal gerade Klimt seine Gemälde bis in kleinste Detail ausgemalt hat.

Draußen vor dem Schloß Schönbrunn mit seinem weitläufigen Garten genießen wir in der Sonne einen unvergleichlichen Ausblick auf Wien und das Untere Belvedere. Prinz Eugen von Savoyen ließ diese Schlösser durch den Barockarchitekten Johann Lukas von Hildebrandt als Sommerresidenz errichten.

Um 17.05 war Boarding time für unseren Rückflug, geschafft haben wir gerade noch einen Besuch bei Julius Meinl, am Graben. Ein edler Rotwein Syrah Bauer, Beinschinken und gehobelter Grana machten uns zufrieden. Mit einem Kaffee am weltberühmten Hundert Wasser Haus nahmen wir Abschied von Wien.

Der Rückflug war schön, unter mir lag Dresden im Abendlicht, dann Leipzig und dann durch Wolkenfelder schon Landeanflug auf Hannover- Langenhagen über Isernhagen, so konnte ich das Wohnhaus meiner Kinder erkennen. Herrlich, all das mit 84 Lebensjahren zu erleben. Ich habe keine Angst mehr!

Und würde mir wünschen, noch einmal in diese ewig schöne Stadt zu kommen.

© Oktober 2008 – Gertrud Bogya
Gesetzt in der Swift
Gestaltung – Betti Bogya, Kiel
Herstellung und Verlag – Books on Demand GmbH, Norderstedt
ISBN 978-3-8370-6984-6

Bibliografische Information der Deutschen Nationalbibliothek
Die Deutsche Nationalbibliothek verzeichnet diese
Publikation in der Deutschen Nationalbibliografie;
detaillierte bibliografische Daten sind im Internet über
http://dnb.d-nb.de abrufbar.